S. Pomej

DER WAHNSINN MÖGLICHERWEISE

Vorwort

Nie hätte ich, die lustige lebensfrohe Anni Millöcker, erwartet, einmal mit Depressionen ins Prekariat abzurutschen, denn ich kämpfte in Österreichs Hauptstadt (die ihrem Slogan 'Wien ist anders' stets gerecht wurde) gegen die Windmühlen der AMS-Sinnloskurse, hämische Verwandte, falsche Freunde und um eine schöne Restlebenszeit mit einem lieben Partner an der Seite. Dennoch landete ich nicht im Tal der Tränen, sondern zog mich mühsam mit aller Kraft und viel Humor wieder hoch aus dem Großstadtsumpf. Sogar, wenn ich mich dabei zuerst in die Niederungen der Psychiatrie begeben musste...

Im weichen Licht der aufgehenden Sonne lief ich barfuß in einem blütenweißen Sommerkleid am Ufer der blauen Donau entlang, hopsend, als wäre ich frisch verliebt, den Duft von Flieder in der Nase. Dann kam ein Motorboot daher, legte an und ließ mich an Bord gehen. Dessen Kapitän winkte mir noch einladend zu und sah dabei wie ein Hollywoodschauspieler aus, dessen Name mir leider nicht einfiel. Leichtfüßig trippelte ich die Reling entlang und sah an Land einen Bundesheerpanzer leise rasselnd anrollen. Der Geschützturm drehte sich drohend und das mächtige Rohr, es zielte auf mich, ich sah entsetzt das Mündungsfeuer wie einen Blitz aus heiterem Himmel zucken, noch ehe ich den ohrenbetäubenden Knall samt folgender Druckwelle vernahm und...

Böses Erwachen

Ich wachte auf, schweißgebadet, aufgrund eines leider immer wiederkehrenden Albtraumes, nicht etwa, weil ich vorzeitig in der Menopause bin - nein, das bin ich noch nicht, und erinnerte mich: dieser Traum führte mir nur leicht überspitzt meine heikle Situation vor Augen: arbeitslos und von Armut geplagt, von schwindender Jugend und beginnenden Alters-Wehwehchen heimgesucht... Entsetzlich!!!

Schon die alten Römer wussten: Leben heißt kämpfen um das tägliche trockene Brot! Mein bisheriges Leben war wirklich kein leichtes, doch im Rückblick bot es einige komische Momente, die sogar mich manchmal erheiterten, wenn ich es in dunkelgrauen Stunden Revue passieren ließ.

Was meinen Beruf angeht, stand schon sehr früh fest, dass ich Künstlerin werden wollte. Und zwar seit ich als Kind den Super-Film 'Die Abenteuer des Rabbi Jakob' gesehen habe. Die Stelle, wo die Terroristen über ihn herfallen und er sie mit derart abstrusen Mitteln wie Kaugummi-Kugeln und zähflüssigem Kaugummi in der desolaten Fabrik bekämpft, hat sofort eine Art Initialzündung bei mir bewirkt. Alle Darsteller sind leider längst tot aber ihr großartiges Schauspiel in diesem Komödien-Klassiker ist bisher unerreicht und somit unsterblich geworden. Dass mir dieser Beruf keine so große Menge Geld wie den Darstellern einbringen würde, konnte ich damals noch nicht ahnen, war mir auch zu dem Zeitpunkt völlig egal, stellte sich aber für mein Privatleben als äußerst desaströs heraus. Ich konnte mir selbst keine geeignete Rolle im Leben mehr finden und vegetierte manchmal richtig vor mich hin, bzw. fantasierte immer vor mich hin, was meinem Antlitz oft ein weggetretenes Aussehen verlieh. So legte ich mir eine eigene Lebensstrategie zurecht, in welcher ich Aspekte zu verschweigen pflegte, die ohnehin nur zu meist ausweglosen Konflikten führten, die ich um jeden Preis vermeiden wollte. So eine Art der gemütlichen Scheinanpassung an all die Durchschnittsmenschen, die mich schon seit meiner Kindheit umgaben. Man könnte auch sagen, mein Leben entglitt immer mehr in eine Tragikomödie. Wenn auch die Darsteller darin weit weniger lustig auf mich wirkten als in einem Kinofilm und die Schauplätze weit weniger mondän als in Südfrankreich und Hollywood. Doch Wien stellte an den richtigen Orten gesehen auch sowas wie eine Kulisse für mich dar.

Mangels Engagement beim Film - wahrscheinlich hätte ich es sowieso nur bis in die Lindenstraße geschafft - musste ich mir so einen tristen Bürojob suchen, wo zwischen meckernden Kunden, intriganten Kolleg(inn)en und Choleriker-Chef meine Kunstader im Dunkel meiner Gehirnwindungen verödete. Überdies nebelten mich vier grenzdebile, rücksichtslose Kettenraucherinnen - die Viererbande - ein, sodass ich entweder wegen Atemproblemen oder Erkältungen - da ich bei

Minusgraden im Winter neben dem offenen Fenster sitzen musste - in den Krankenstand getrieben worden bin, was letztlich zu meiner ungerechtfertigten Kündigung führte. Und das, obwohl ich Stammgast beim Betriebsrat war, der immer Zeitung las, wenn ich zwecks Beschwerde in sein Büro kam, jedoch ad hoc eine sehr geschäftige Miene aufsetzte und den fleißigen Bürohengst mimte. Darum wurde er auch Betriebsrat, denn da ist man unkündbar, egal ob man Leistung erbringt oder diese nur vortäuscht. Wie der die Betriebsratswahl gewinnen konnte, war mir schleierhaft. So eine lahme Niete wie der hätte ohne seinen Status gleich als erster den Abflug aus der Firma gemacht, aber was soll's... Diese Welt war eben eine sehr, sehr ungerechte!

"Es gibt keine Nichtraucher-Büros!", behauptete er steif und fest bei einer meiner zahlreichen Beschwerden über das miese Arbeitsklima zwischen den Nikotin-Junkies. Seine Rattenaugen blitzten verschlagen dabei.

"Aber ich weiß doch, dass es das gibt, da ich mit der Post im ganzen Haus unterwegs war und es selbst erlebt habe!", entgegnete ich stehend, denn Platz hatte mir der Rüpel nie angeboten, weil er mich auch so schnell wie möglich wieder loswerden wollte. "Da wäre ich nicht zwischen Luftverpestern eingekesselt!"

"Ja, es gibt Büros, in denen lauter Nichtraucher sitzen!", gab er schließlich ungern zu.

"Und? Ist dort vielleicht ein Platz für mich frei?" Sowas wie Hoffnung keimte in mir auf.

"Nein", sagte er wenig traurig, mir kam sogar vor, er musste das Lachen verbeißen, der miese Hund! Wobei der Hund an und für sich ja der beste Freund des Menschen ist, was man von unserm Betriebsrat nicht behaupten konnte. Dieses Schwein! Doch halt, ein Schwein ist ein Nutztier, unser Betriebsrat war jedoch völlig unnütz!

Was blieb mir andres übrig, ich verdingte mich nach meinem Rauswurf, gegen den auch die Arbeiterkammer leider machtlos gewesen war, als freier Dienstnehmer in diversen Call-Centern und belästigte die Leute am Telefon, bekam dafür sogar noch Geld, davon konnten andre, die gern telefonierten, nur träumen. Nur dieser ewige Quotendruck... Die verlangten beispielsweise, ich solle jedem zweiten Kunden das große Schönheitspaket eines französischen Kosmetikriesen um € 39.90 - dessen Produkte weniger schön verpackt um die Hälfte des Wucherpreises in Drogeriemärkten erhältlich ist - aufs Auge drücken, obwohl ich schon froh war, wenn ich das kleine um € 21,90 an die Frau bringen konnte. Und wenn ich den Ehemann erwischte, musste ich mir noch sagen lassen, dass die Gattin solchen Schas nicht nötig hätte...

Aber genug dieser traurigen Reminiszenzen, ein neuer Tag wartete sehnsüchtig darauf, von mir mit vollem Einsatz gelebt zu werden. Ob mit oder ohne Lebensfreude, denn früher übliche Begeisterungsstürme über den kommenden Tag blieben bei mir immer öfter aus...

Frühstück für Satte

Meine kleine Gemeindewohnung war einfach eingerichtet, dafür sehr zweckmäßig und vor allem billig, denn trotz Fleiß: im Geldverdienen war ich keine Meisterin! Kein Wunder, wenn man im völlig falschen Beruf tätig war... Nach einer heißen Dusche bereitete ich mir im rosa Frottee-Bademantel in der Küche mein karges Frühstück vor: wie immer eine Schale Kaffee und ein Stück einer S-Budget-Sachertorte. Wenn schon mein Leben so sauer sein musste, sollte wenigstens der erste Geschmack am Tag süß sein.

Von nebenan drang schon die liebliche Stimme meines etwas proletenhaften Nachbarn durch die dünnen Wände zu mir, die es einem ermöglichen, ohne ein Glas an die Wand zu halten, alles mitzuhören. Wenn der Nachbar ein Radieschen knabberte, hörte sich das nach Schürfgeräuschen an, schnäuzte er sich, glaubte man, ein Wasserrohrbruch fände statt, ließ er eine Blähung los, dachte man gleich an einen Hurrikan. Und rannte der Nachbar über mir schnell aufs Klosett, dann hörte sich das nach einer Herde wilder Elefanten auf der Flucht vor Großwildjägern an.

Also hörte ich den seitlichen Nachbarn, wie so oft im Streit mit seiner holden Ehefrau: "Geh mir doch nicht schon in aller Herrgottsfrüh am OASCH!"

Die gute Frau entgegnete mit ihrer glockenhellen Stimme ebenfalls ausgezeichnet hörbar: "PSCHT! Schrei net so, muass ja net jeder wissen, was du für ein Hysteriker bist!"

Drauf ihr lieber Mann: "Die können ruhig alle wissen, dass ich mit einer Xantippen verheirat bin! Ich geh jetzt!"

Drauf keifte wieder sie: "Wohin denn?"

Und er entgegnete wutentbrannt: "WURSCHT WOHIN! Hauptsach, weit weg von dir!!!"

Die Szenen einer Ehe endeten mit einem lauten Knall, der mir verriet, dass der Herr Gemahl im starken Abgang die Tür hinter sich zugeworfen und seine arme Gattin einmal mehr das Nachsehen hatte. Naja, besser er macht einen Abgang als die Wohnungseinrichtung kaputt.

Ich setzte mich mit meinem Kaffeehäferl, auf dem Fozziebär - eine witzige Figur aus der Muppet-Show - abgebildet war, an den wackligen Küchentisch und horchte noch kurz, worauf ich die Augen verdrehte und zum Vogelkäfig gewandt, wo mein himmelblauer Wellensittich Rudi auf seinem Spriesserl drinsaß, wie so oft einen einseitigen Dialog begann. Aber es hatte auch Vorteile, wenn man keinen Widerspruch zu hören bekam.

"Hör dir das an, Rudi! Die zwei da drüben streiten schon wieder, was bin ich froh, dass ich nicht so einen Flegel wie den aufbrausenden Eierbären daneben daheim hab. Da bist du mir beim Bürzel lieber als der beim unrasierten Gesicht."

So genüsslich wie nach der nachbarlichen Tragödie noch möglich trank ich einen Schluck Kaffee, wollte ein Stück der S-Budget-Sachertorte essen, schob es dann aber angewidert weg. "Nein, wenn ich denk, dass ich gleich zum AMS muss, vergeht mir der Appetit! Dann bin ich praktisch schon satt!"

Mit einem schon mulmigen Gefühl im Bauch frisierte ich mein momentan dunkles Haar in Form und zog ich mich an: ein graues Business-Kostüm, weiße Bluse, schwarze, schon etwas außer Form geratene Mokassins und meine große schwarze Handtasche, in welcher ich so allerlei mit mir herumschleppte, was eine Frau so immer brauchen kann: Geldbörse, Maniкür-Etui, Taschentücher, Schminktäschchen, Haarbürste, Notizbuch mit Kugelschreibern in Blau, Schwarz & Rot, Buch aus der Bibliothek, Kindle-Reader (man musste schließlich mit der Zeit gehen), Handy, Sonnenbrille, Sonnenmilch, zwei Ersatzstrumpfhosen in Grau & Braun, Verbandsmaterial, Desinfektionsmittel, Nähzeug, volle Wasserflasche, Notfallration Schokolade, Pfefferminz-Kaugummi für frischen Atem, Parfumflacon, Taschenlampe und so weiter, jedenfalls alles nützliche Gegenstände, die sich auf ungefähr fünfeinhalb Kilo Nutzlast summierten. Noch dem Rudi ein Würstchen in den Käfig gehängt und dann Abmarsch!

Kaum zugesperrt, da klingelte mein Festnetz-Telefon, also zurück in die Wohnung und ich erinnerte mich vage an die Aktion eines Radiosenders, der 77.700 Euro versprach - das Ende all meiner finanziellen Sorgen, wenn man sich mit 'ich höre 77,7' meldete. Super, dachte ich und hetzte mit klopfendem Herzen zum Apparat, nahm den Hörer ab und hechelte außer Atem rein: "ICH HÖRE 77,7!"

Kurze Pause, dann meldete sich eine hohe Frauenstimme und flötete: "Schönen guten Tag, mein Name ist Klara Sommerfeld und ich rufe im Auftrag der Firma Birnstengl (oder so ähnlich, die Person nuschelte schrecklich) an. Spreche ich mit Frau Anni Millöcker persönlich?"

"Ja?" Vielleicht habe ich doch was gewonnen, hoffte ich, denn ich machte immer gern bei diversen Preisausschreiben mit und hatte schon etliche Trostpreise errungen, wie z.B. einen Rucksack aus Jute, ein Buch über Stickerei und eine Badematte aus Bast.

"Sie waren so freundlich und haben vor kurzem an einer telefonischen Umfrage zu Ihren Schlafgewohnheiten bei uns teilgenommen. Daher bekommen Sie von uns ein orthopädisches Gesundheits-Kopfkissen!"

"Och, nein danke, schieben Sie es sich in-äh, ich verzichte darauf!", lehnte ich voller Enttäuschung ab und legte auf. Warum nur, rufen Leute mit derlei zwielichtigen Angeboten - denn die Gurke wollte mir sicher nur etwas verkaufen - gerade dann an, wenn man sich so sehr nach einem Erfolgs- oder Gewinnerlebnis sehnte???

Der Tag fängt schon schlecht an, dachte ich und verließ meine Wohnung Richtung AMS. Da ich etwas zu früh dran war, fuhr ich mit der U-Bahn noch in die Innenstadt, um ein wenig im goldenen Herbstlicht durch die Fußgängerzone flanieren zu können. Die extrem teuren Waren in den Auslagen warteten nur darauf, von Touristen eingekauft zu werden, die nicht wussten, dass sie den gleichen Schmarren in den Außenbezirken um ein vielfaches billiger erstehen konnten. Als ich so in trüben Gedanken dahinschlenderte, weil ich mir die meisten Sachen nicht leisten konnte, erspähte ich einen Touri, der erfolglos versuchte, an einem der Trinkbrunnen Wasser zu entnehmen. Hilflos suchte er nach einem Druckknopf, unsere Blicke trafen sich und ich wusste: gleich quatscht mich der Alte an. Augenscheinlich musste er wohl schon in Pension sein.

"Entschuldigen Sie, wissen Sie, ob der Brunnen funktioniert, ich bin sehr durstig, oder?" Sein schwyzer Dialekt verriet seine Nationalität, außerdem hatte er auf seiner grünen Jacke zusätzlich noch das weiße Kreuz auf rotem Grund aufgenäht.

"Eigentlich sollte das kostbare Nass nur so heraussprudeln, aber ich würde Ihnen anraten, schon aus hygienischen Gründen lieber da vorne in die Konditorei zu gehen. Wenn Ihnen schlecht ist, müssen die Ihnen ein Glas Wasser gratis geben." So hilfsbereit pflegte ich immer zu sein, nicht nur gegenüber reichen Touristen.

"Nein, mir ist nicht schlecht, oder, aber ich werde dort hingehen und mir etwas kaufen", kündigte er an.

"Nicht doch!", bestand ich auf der kostenlosen Variante. "Sagen Sie, Ihnen ist schlecht."

"Aber ich habe doch genug Geld, oder!" Das 'oder' kam nicht als Frage formuliert.

"Das brauchen Sie den Servier-Weibern oder Servier-Töchtern, wie man in der Schweiz sagt, doch nicht auf die Nase zu binden", erklärte ich ihm energisch, denn ich mochte sture Männer nicht, ebenso wenig wie Geldverschwendung. "Die verdienen wahrlich genug! Sagen Sie denen, Sie stehen kurz vorm Zusammenbruch und dann kriegen Sie von denen noch eine Gratis-Portion Tortenbruch. Weil meistens kriegen solche Leute wie Sie, die eh schon genug Geld haben, noch was gratis!"

Anstatt einer Antwort oder gar einer Einladung, die wohl fällig gewesen wäre, erntete ich nur einen schrägen Blick, ehe sich der lahme Schweizer erstaunlich schnell von mir entfernte.

Aber so ist das im Leben: Undank ist der Welten Lohn!

AMS-Folter

AMS heißt nicht etwa Arbeitsmarkt-Service, sondern 'alle Maßnahmen sinnlos'! - Arbeitslosigkeit ist keine soziale Hängematte, wie viele Unwissende oft behaupten, sondern eher eine wackelnde Hängebrücke, die einem den baldigen sozialen Totalabsturz versinnbildlicht! Der Horror hatte einen Namen mit drei Buchstaben!

Ein Besuch dort kam mittlerweile für mich einer Folter gleich - ärger als eine Wurzelbehandlung ohne Spritze - und dort wurde man außerdem alle Jahre von eine(r)m Berater(in) - (in meinem Fall einem männlichen) - zum nächsten weitergereicht, damit man nicht womöglich eine Freundschaft mit dem anfangen konnte und gar noch bevorzugt von ihm behandelt wird. Mein AMS-Berater erinnerte mich mit seinem schwarzen Bart an Rasputin, mit dem ich nie eine Freundschaft begonnen hätte. Man saß dann also monatlich diesem Berater gegenüber, auf einem Stuhl, der etwas tiefer lag, sodass man zu ihm demütig aufschauen musste, was einem gleich den sozialen Abstieg klarmachte. Der gute Mann sah mich an, als wäre ich nach einem Urlaub in Tschernobyl im Gesicht entstellt. Aber für jemanden, der kein selbst verdientes Einkommen hat, ist es auch schwerer das Leben bewerkstelligen zu können. Denn das Leben zeigte sich in so einem Fall von der härtesten Seite. Es fehlte nur, dass die Leute die Kinder von der Straße holten, wenn ich daherkam.

"Was gibt es Neues, Frau Millöcker?", erkundigte er sich pflichtgemäß bei mir.

"Der letzte Kurs, zu dem Sie mich geschickt haben, war wieder für A & F!", beschwerte ich mich, obwohl ich wusste, dass das genauso sinnlos wie der Kurs war. "Wir mussten darüber diskutieren, was man nach einem Flugzeugabsturz in der Wüste macht."

"Ah, die gehen davon aus, dass man das überlebt?", wunderte sich Herr Aschauer.

"Jaja, man soll nicht mit dem Überlebenspaket durch die Wüste wandern, sondern beim Flugzeug bleiben, weil es von oben besser gesehen wird als eine Gruppe Wanderer. Und dann sollten wir noch rausfinden, wer von einer Gruppe Höhlenforscher nach einem Einsturz als erster raufgeholt wird, wobei die eigentliche Aufgabe ist, sich gegen das eigene Team durchzusetzen."

"Also eigentlich was für Führungskräfte, zu denen SIE sowieso nicht gehören", erkannte er, wobei er das SIE so betonte, als wäre es absolut widersinnig, mich als Führungskraft zu handeln.

"Ja, leider. Und die Leute in der Höhle sind ein Uni-Professor, ein Ex-Sträfling, eine Mutter mit fünf Kindern, die sich niemals in eine Höhle verirrt hätte, aber-"

Hier unterbrach er mich mit der Feststellung: "Das würde ich nicht sagen, weil um von fünf schreienden Affen wegzukommen, flüchtet bald wer in eine Höhle!"

"Äh-ja, da haben Sie recht, aber was interessiert das diese Gimpel, die sich sowas Blödes in schlaflosen Nächten ausdenken. Dann ging das Ganze noch in Richtung einer Familienaufstellung. Das ist so wie mit einer Insulinspritze für Gesunde - es schadet nur."

Sein Blick traf mich wie ein Pfeil in meine Seele: bohrend und verständnislos.

"Na, jetzt muss man eh nicht mehr jedes halbe Jahr in einen Kurs gehen, nur wenn es beruflich nötig ist", verkündete er mir.

"Übrigens, traf ich dort eine Dame, die Buchhalterin ist. Ich bekam vor zwei Jahren von Ihrer übereifrigen Vorgängerin einen teuren SAP-Kurs, obwohl ich nie in der Buchhaltung gearbeitet habe, ich bin einfach keine Bilanzfriseurin. Sie wissen sicher, dass man immer nur Stellen bekommt, die man schon mal bekleidet hat", erklärte ich, worauf er zustimmend nickte. "Und just zu der Zeit bekam die Dame einen Kurs 'Korrektes Deutsch'! Wenn wir uns damals schon gekannt hätten, dann hätten wir die Kurse tauschen können, damit wenigstens sie davon profitiert hätte."

"Das wäre sicher nicht gegangen!", wandte er ein.

"Ja, denn dazu ist ja Vernunft vonnöten, und Vernunft und AMS - das schließt einander aus." Eine ätzende Bemerkung, die an ihm vorbeiging. "Also ich kann nichts dafür, dass für Leute meiner Generation die Lohnnebenkosten zu hoch sind und ich darum keine Stelle mehr bekomme."

"Na, manchmal ist es einfach nur das Alter, das die Firmen stört", offenbarte er mir nonchalant.

Da musste ich schlucken und erwiderte: "Na, Sie haben den Charme eines erfolglosen Heiratsschwindlers!"

Anstatt mir zu antworten, druckte er ein Formular aus, von dem ich annahm, es sei ein Stellenangebot, doch es entpuppte sich als Zuweisung zum nächsten Kurs.

"Sie sagten doch vorhin, dass es nur mehr einen Kurs gibt, wenn es beruflich nötig ist und jetzt schicken Sie mich wieder in so einen Sinnlos-Kurs?"

"Ja, da sind noch Restplätze frei, also gehen'S dort bitte hin."

Na toll, dachte ich mir, ich bin jetzt eine Restplatzverwerterin - das ist eine Karriere. Pfui Teufel! Aber das Leben war wirklich wie eine Hühnersteige: kurz und beschissen! Wenn man dem AMS ausgeliefert ist, merkt das sogar ein Hardcore-Optimist.

Kurz vor dem Ausgang traf ich noch unverhofft eine ehemalige Kurskollegin, die mich freundlich grüßte und sich nach meinem Befinden erkundigte. Ihren Namen hatte ich leider vergessen.

"Na, formulieren wir es einmal so", fing ich an, "wenn morgen die Welt untergeht, dann gibt es eine Person hier in der Stadt, die das überhaupt nicht stören würde."

"Ja, ich würde sogar sagen, es gibt zwei solche Personen", pflichtete sie mir bei. "Stell dir vor, mir haben sie jetzt einige Benefits gestrichen, weil mein Mann um einen Hunderter zu viel verdient. Ich meine, er verdient mehr, als er verdienen dürfte, damit ich-"

"Ich versteh dich schon", unterbrach ich sie. "Da sind die hohen Herren schnell mit dem Abziehen! Nur bei unseren Herren und Damen Politikern, die jeder noch zig Nebengeschäfterln als Aufsichtsratsvorsitzender und so weiter haben, da trauen sie sich nicht, die Hundlinge, die elendigen!"

"Ich hab einmal Flyer verteilt und die paar Euro, die ich dabei verdient habe, musste ich auch versteuern", beschwerte sie sich.

"Da hättest du dem Herrn Finanzminister sicher gern mit der Schere die Krawatte abgeschnitten, was?", forschte ich grinsend.

"Nein, die Eier!", verbesserte sie scharf.

"Kann ich nachvollziehen. Vielleicht hatte der auch gar keine mehr. Da muss man froh sein, dass man nicht in die Falle der Ehe getappt ist...", überlegte ich, die ich sogar einmal knapp dran vorbeigeschrammt bin.

"Naja, mein Mann ist schon ein Goldschatz!", behauptete sie.

"Vergrab ihn!", scherzte ich, denn mein Humor war noch nicht ganz abgestorben, obwohl die verschlafenen Leute vom AMS und ihre Konsorten in den Partnerfirmen, welche die Sinnlos-Kurse anboten, alles dazu unternahmen.

"Tja, ich muss zum Rapport", verabschiedete sie sich. "Alles Gute!"

"Viel Glück, möge dir die Göttin Fortuna hold sein und dir einen Lotto-Sechser verehren!", wünschte ich ihr noch, ehe ich das Haus des Schreckens endlich hinter mir lassen konnte.

Leider nicht für immer.

Gottes Ausschussware

Um sich vom Übel der Welt abzulenken, pflegten sich Damen oft Schuhe zu kaufen, da bildete ich keine Ausnahme. Also fuhr ich mit der U-Bahn, die nun mit Pendlern vollgepfercht war, wieder in die Innenstadt, spazierte in eine Filiale eines renommierten Geschäftes am Stephansplatz, wo die Schuhe noch teurer sind als sonstwo, aber auch schon egal. Ein Paar schwarze Sandalen mit Korksohle gefiel mir sehr und war als Überbleibsel aus dem Sommer sogar noch im Angebot, also schlug ich um 39 Euro 90 Cent zu und ließ die hübschen Treter gleich an. Meine alten, schon etwas ausgelatschten Hufbekleidungen ließ ich dort zur fachgemäßen Entsorgung in einem Container zurück. Falls sich Blasen an meinen Füßen bilden sollten, wie das meist bei neuen Schuhen üblich war, konnte ich ja im Notfall auf meine bequemen blauen Badeschlapfen zurückgreifen, welche ich in meiner großen Handtasche noch seit dem letzten Besuch im Hallenbad bei mir trug.

Na, was soll ich lang erzählen und drum rumreden, es taten mir nicht nur die Hufe weh, nein, die Korksohle stellte sich aus weichem

Plastik heraus, welches immer mehr schrumpfte, sodass ich von den fünf Zentimeter-Keilabsätzen nur mehr zweieinhalb unter den Füßchen hatte. Empört eilte ich natürlich zurück ins Geschäft, denn derlei Ausschussware musste ich auch nicht zum Sonderpreis an meinen Füßen lassen.

Dort angekommen rümpfte die Verkäuferin, eine aufgetakelte junge Tussi mit Gel-Nägel und billigen Extensions, überheblich die Nase und meinte piepsend: "Tja, bei Übergewicht kann das schon mal passieren."

"Wollen Sie damit andeuten, dass ich zu dick für Ihre miesen Treter bin???", erkundigte ich mich noch ruhig, allerdings mit steigender Pulsfrequenz.

"Ich meinte, dass Sie bei Untergewicht solche Probleme nicht hätten", formulierte sie nun etwas diplomatischer.

"Wenn meine Oma Räder HÄTTE, dann wär sie ein Autobus und ich stünde nicht in voller Pracht und Herrlichkeit vor Ihnen", schimpfte ich los. "Und HÄTTE Ihr Papa bei Ihrer Zeugung auf den Ofen gezielt, wären Sie ein Keks geworden!!! Ich will den Geschäftsführer sprechen!"

"Nicht nötig, wir geben Ihnen aus Kulanz natürlich einen Gutschein!", wollte sie mich einwickeln.

"Den können Sie sich in die Schuhe schieben oder an den Hut stecken, wenn aufgrund Ihrer Extensions noch einer auf Ihren Kopf passt", herrschte ich sie an, "glauben Sie, ich komme noch einmal in Ihr komisches Geschäft, um so SUPER-SCHUHE zu kaufen, die sich beim Gehen in Plattfische verwandeln???"

Um es abzukürzen: ich bekam mein Geld zurück, zog meine Reserve-Schuhe - die Badeschlapfen - an und trottete davon. Und zwar unter den kritischen Blicken von hochnäsigen Passanten und Touris, die den ersten Bezirk immer unsicher und die Waren dort teurer machten. Denn es war immerhin schon Herbst, wenn auch ein milder sonniger Herbst und eine Frau in Badeschlapfen fiel da eben aus der Rolle. Todtraurig kehrte ich zur Rast in den Stephansdom ein, wo ich mich ganz hinten auf eine Bank setzte, während vorne ein Gottesdienst in Italienisch abgehalten wurde. Die Italiener lieben unseren Steffl und daher kam ihnen die Kirche sprachlich entgegen, obwohl viel aus der Liturgie ohnedies in Latein gehalten war.

Nach kurzer Weile näherte sich eine Frau in Ostblock-Chic gekleidet und fragte leise mit einem osteuropäischen Akzent: "Hätten Sie eine Spende für mich, ich habe krankes Kind daheim."

Mitleidig betrachtete ich sie und stellte mir ein armes Kindlein allein in einem Bettchen vor, daher griff ich in meine Tasche, holte die Börse raus und löhnte ihr ganze zehn Euro.

"Das ist zu wenig!", sagte sie entschlossen und hielt mir den Schein unter die Nase.

"Wie bitte? Ich beziehe nur mehr die Mindestsicherung von knapp 900 Euro und habe früher in der Stunde höchstens 8,50 verdient und Ihnen ist ein Betrag von ganzen zehn Euro für eine Bettelminute zu wenig??" Ich konnte es nicht fassen, wurde wütend und erkannte, dass auf diese Person auch kein krankes Kindlein daheim wartete, sondern eine ganze Bettelmafia samt Paten in einer Villa irgendwo in Tripstrill.

Und so eine verdorbene falsche Person hielt nun 10 Tropfen meines Herzblutes fest.

"Schleichen Sie sich!", zischte ich gepresst, worauf sie mit verächtlicher Miene samt meinem Zehner abzog.

Eine alte Frau neben mir grinste und sagte: "Dass Sie dem Flittscherl überhaupt was gegeben haben, wundert mich. Die war doch viel besser angezogen als Sie! Wissen Sie, was Sie hätten machen sollen? Ihr den Zehner wieder wegnehmen und sagen: 'Warten'S hier, ich geh nur schnell zum Bankomat gegenüber und bringe Ihnen einen Hunderter!' HÄHÄ! Die Depperte hätte ich warten lassen bis zum Sankt-Nimmerleins-Tag!"

"Ja, das ist mir leider nicht eingefallen!", bedauerte ich nun. Meistens fiel mir das Beste immer erst eine halbe Stunde später ein.

"Dabei schauen Sie eh ganz pfiffig aus! Und mutig mit den bequemen Schlapfen, die gar nicht zu Ihrem Kostüm passen, aber sicher traumhaft zum Gehen sind", lobte sie mich.

In ihrer adretten veilchenblauen Kleiderschürze mit den gelben Polkadots wirkte sie so liebenswert. Sie trug dazu Stützstrümpfe, beige Gesundheitssandalen und keine Handtasche, da ja die Kleiderschürze zwei aufgenähte Eingriff-Taschen für Geldbörse, Taschentuch und Wohnungsschlüssel bot, und roch so angenehm nach Lavendel wie ein blühendes Feld in der Provence.

"Welches Parfum benutzen Sie, gnä' Frau?", fragte ich sie deshalb, denn eine Frau ohne Parfum hatte laut Coco Chanel gar keine Zukunft. "Das werde ich mir auch zulegen."

"Da haben'S ein Pech. Das ist meine eigene Mischung, die ich mir selber aus allerhand Blüten zusammenmixe!", erklärte sie mir stolz. Welch eine raffinierte ältere Dame.

"Toll, dass Sie Ihr Parfum selber herstellen können. Ich könnte das nicht. Nur das Tortenbacken beherrsche ich ganz passabel", verkündete ich in einem Anfall von seltenem Eigenlob.

"Apropos Torten... Gehen wir zur AIDA?" Nun wirkte sie wie eine liebe Omi, die man oft im TV in Seifenopern zu Gesicht bekam, wo ihr Hauptzweck das Vermitteln zwischen verfeindeten Familienmitgliedern war.

Mit AIDA meinte sie natürlich nicht die berühmte Oper von Verdi, sondern die

Konditorei ganz in der Nähe, worauf ich natürlich begeistert zustimmte, denn Süßes ist meine Leibspeise, was man mir leider auch ansieht....

Na, wir plauderten vergnügt an einem Tisch - ich bei einer Melange und einem Topfengolatschen, sie bei Sachertorte mit Schlagobers samt Baiser und Irisch Coffee - und sie warnte mich noch: "Passen Sie auf, wenn Sie Gottes Ausschussware begegnen! Immer auf der Hut sein, denn die meisten Leut haben es nur auf Ihr Geld abgesehen."

Dasselbe hat auch meine eigne Oma immer zu mir gesagt - und sagte es noch, wenn ich sie pflichtgemäß im Geriatriezentrum Lainz besuchte.

"Wie recht Sie doch haben!", stimmte ich zu und atmete tief durch.

"Was machen Sie denn beruflich?", erkundigte sie sich.

"Äh-momentan Weiterbildungsmaßnahmen zur beruflichen Konkurrenzfähigkeit absolvieren", formulierte ich etwas blumig.

"Sehr tüchtig, von Ihrer Sorte sollte es mehr Frauen geben."

Sie redete so nett und verstand es, einen richtig aufzubauen und ich dachte auch an nix Schlimmes, als sie sich auf einmal entschuldigte und zur Toilette eilte, sondern vermutete eine altersbedingte Inkontinenz. Doch als sie eine halbe Stunde später noch immer nicht zurückkam, wurde ich unruhig und dachte noch, sie wäre dort überfallen worden.

Also ging ich nachschauen, traf auf dem dortigen WC eine Klofrau, die freundlich Auskunft gab. Ja, bestätigte sie, die beschriebene Dame wäre hier gewesen und hätte ihr noch ein 50-Cent-Stück auf den Teller gelegt und dann gegangen. Natürlich ohne zu zahlen, was entweder hieß, sie fühlte sich entweder von mir eingeladen, was allerdings aufgrund einer fehlenden Verabschiedung ausschied, oder sie litt bereits an Alzheimer und hatte das Zahlen einfach vergessen, was aufgrund ihrer geistigen Agilität allerdings ebenfalls ausschied. Daher ging ich zurück an meinen Tisch und zahlte nur meine Konsumation. Die arme Serviererin sah mich daraufhin an wie eine Zechprellerin.

"Aber Ihre Tante hat mir beim Rausgehen versichert, dass SIE für sie bezahlen", erklärte mir die freundliche Serviererin mit dem Piercing an der Augenbraue. Wie sich manche Frauen doch freiwillig entstellen ließen, entzog sich meinem Verständnis.

Wozu sollte ich mit ihr streiten, wo ich doch Lehrgeld zahlen sollte und diese Lehre, dass man niemandem trauen durfte, mit dem Preis von 15 Euro inclusive Trinkgeld noch billig bekam. Oh Gott, du hast wirklich ziemlich oft geschludert bei deiner Menschenerzeugung, giftete ich mich. Da wunderte es auch nicht, dass so große Dichter wie Mark Twain einst schrieben: Gott schuf den Menschen, weil er vom Affen enttäuscht war, danach hat er auf jegliche, weitere Experimente verzichtet! - Oder war das der Schopenhauer? Ach, auch schon egal, welcher Eierkopf irgendwas gesagt hat und damit auch heute noch ins Schwarze traf!

Daheim musste ich mir zum Trost sofort noch zwei Tafeln Schokolade als Seelennahrung genehmigen. Eine Tafel Suchard Finessa Marzipan und den 130-Gramm-Rest der 270-Gramm-Tafel Milka Noisette. MMMHH!!! Davon könnte ich mich ausschließlich ernähren, darum hatte sich auch schon ein wenig Speck um die Leibesmitte angesammelt und auch an sonstigen Körperstellen. Jaja, Schokolade hatte man, bzw. Frau fünf Minuten im Mund und fünf Jahre lang auf den Hüften. Allerdings muss ich zugeben, dass auf meinen Hüften außer dem köstlichen Suchard Schokolade noch jede Menge Schweinsbraten, Leberkäse, Dukatenbuchteln mit Vanille-Soße und noch etliche Delikatessen mehr dahinwabern. Aber was sollte das schlechte Leben, man gönnte sich ja sonst nix. Außerdem hätte meine Existenz keine Aufwärtsbewegung genommen, wäre ich um 20 Kilos leichter gewesen. Im Gegenteil, es schien mir besser zu sein, mir ein wenig Panzerung zuzulegen, um meinen zahlreichen Problemen robuster die Stirn bieten zu können oder eben andere Körperstellen...

Kontaktaufnahme

Jaja, jeden Sonntag dachte ich an meinen Ex-Freund, den ich vor zwei Jahren abgeliebt, respektive abgeschafft hatte, just zu der Zeit, als ich Depressionen wegen meiner längeren Arbeitslosigkeit bekam. Ach, dachte ich, es gab auch schöne Zeiten mit ihm. Das Dumme war nur, dass man nicht EINEN Menschen bekam, sondern dessen ganzes Biotop an Familienmitgliedern und Freunden und vor allem der Erzeugerin des Holden. Und der liebe Hanse hatte eine Mutter, die ziemlich dominant sein konnte. Ich würde ihn nicht als Muttersöhnchen bezeichnen, doch darauf lief es hinaus. Wenn die Mami rief, dann kam er sofort angaloppiert und sagte mir schon vereinbarte Unternehmungen ab. Aber was soll's, vorbei ist vorbei... Aufwärmen tut man nur ein Gulasch, wie man bei uns so sagt, und ich verwarf den Gedanken an eine Kontaktaufnahme mit ihm rasch wieder.

Und jeden Sonntag las ich die 'Presse am Sonntag' - diesmal stach mir ein Inserat ins entzündete Auge: Witwer (62) mit Haus am Gardasee sucht attraktive feminine SIE. Nur Bildzuschriften erwünscht! - Gefolgt von einer Schweizer Postfach-Adresse.

Hm, überlegte ich, bin ich noch attraktiv? Also feminin auf jeden Fall! Schon erhob ich mich mühsam aus meinem abgewetzten Fauteuil und eilte zu meinem breiten Mahagoni-Wandverbau, der mal im vorigen Jahrtausend modern war, aus dem ich mein Fotoalbum rauskramte. Darin auch ein Passfoto, auf dem man noch lachen durfte, weil man damals noch Menschen und nicht einer Maschine gefallen musste. Na, gar nicht so unhübsch, befand ich, ist auch schon über zehn Jahre alt Daher eilte ich zum Spiegel und verglich mein Antlitz mit dem Abbild meiner selbst und konnte nicht viel an Veränderung feststellen. Das war der einzige Vorteil, wenn man einige Kilos zu viel auf den Rippen hatte: das Gesicht erschien ganz ohne Aufspritzung vom Beauty-Doc aufgepolstert zu sein.

Super, freute ich mich, dem Alten schreib ich einen Liebesbrief. Briefpapier mit Blümchenmuster hatte ich auch noch, sowie eine Füllfeder, mit der ich zu einem wahren Generalangriff auf die Gefühle eines einsamen Herrn überging.

Lieber Witwer,

es tut mir sehr leid, dass Deine Gattin so früh abberufen wurde. Das Leben kann sehr ungerecht sein. Ich selbst bin in den besten Jahren ganz auf mich gestellt und leide an der Einsamkeit inmitten der Großstadt Wien. Die Wiener sind oft richtige Schlawiner, die nur Schmäh führen können, doch ich suche eine ernste Beziehung zu einem gebildeten Mann voll Herzenswärme, dem ich viel Liebe zu geben hätte.

Meine Hobbies sind Kochen, Backen, Handarbeiten und Wandern durch die unberührte Natur, die es auch in der Schweiz gibt, wo ich einst einen schönen Urlaub verbrachte. Zwar nicht am Gardasee, sondern in Bern, eurer wundervollen Hauptstadt. Damals fuhr ich mit meiner Großmutter dorthin, wie schön wäre es gewesen, wenn wir uns damals schon gekannt hätten.

Mein Beruf als kaufmännische Angestellte ermöglicht mir ein finanziell sorgenfreies Leben, doch es fehlt mir das Wichtigste: ein Mann an meiner Seite, mit dem ich den Rest meines Lebens verbringen kann. Kinder habe ich keine, denn ich fand leider nie den geeigneten Vater dafür. All meine Fürsorge gebe ich meinem Haustier, einem Wellensittich namens Rudi.

Anbei findest du ein fünf Jahre altes Foto von mir. Ich bin nicht oberflächlich und lege vor allem Wert auf einen guten Charakter, viel Humor und Treue.

Liebevolle Grüße aus Wien sendet Dir Anni

Fertig, ich las es mir nochmal durch und bewunderte meine schöne Handschrift. Wenn er sich schon nicht in mein Foto verliebte, dann in die schön geschwungenen Buchstaben auf dem zartrosa Papier....

Wie würde unser erstes Treffen wohl verlaufen, fantasierte ich, am Gardasee im Frühling bei Sonnenschein und einer Bootsfahrt oder einer Fahrt auf seiner Yacht...

Das Festnetz-Telefon riss mich aus meinen romantischen Gedanken. Wer mag das wohl sein, fragte ich mich, schon ahnend, dass es nur meine Oma sein konnte, die ich eben in meinem Brief erwähnt hatte.

"Hallo Oma?"

"Woher weißt du denn, dass ich es bin?"

"Reine Intuition!", antwortete ich ihr. "Außerdem ruft mich sonst gar niemand mehr an."

"Na, wenn du eh nix vorhast, kannst doch heut wieder einmal zu mir kommen."

"Ja, gut."

Was blieb mir anderes übrig, als mit der Straßenbahn Linie 62 ins Geriatriezentrum Lainz zu fahren?

Besuch in Lainz

Wie so oft stand also nun ein Besuch im Geriatriezentrum Lainz, wie das Altersheim so hochtrabend genannt wurde, an. Dort logierte meine Oma wie eine Regentin, streng und manchmal gemahnte sie mich an Lotte Tobisch, die Ex-Ballmutter vom Opernball. Im Organisieren war meine Oma auch immer so gut wie die Lotte Tobisch, dachte ich mir, und auch so mondän gekleidet. Wir saßen in einem der Aufenthaltsräume und was sollte ich ihr anderes erzählen, als meine momentane Sorge der Arbeitssuche.

Meine liebe Oma grinste sardonisch: "Wärest du Politikerin geworden, dann hättest jetzt keine solchen Sorgen! Da kriegerst acht Tausender pro Monat fürs Schlafen im Parlament!"

"Schon richtig", gab ich zu, "doch leider habe ich das Pech, ein Rückgrat zu besitzen. Und das ist nicht aus Gummi!"

Politiker waren schon eine eigene Rasse.

"Sogar eines, das schon über ein halbes Jahrhundert alt ist. Jaja, 50plus und arbeitslos zu sein ist wie ein halbes Todesurteil." Manchmal konnte sie schon richtig biestig sein. Obwohl sie in ihrem blauweiß gestreiften Sommerkleid wie eine honorige Kapitänswitwe aussah.

"Omaa! Musst du immer auf mein Alter anspielen, ich sag dir ja auch nicht dauernd, dass du schon zwischen 90 und Verwesung bist, oder?"

"Ja und? Ich war noch nie arbeitslos!", schmierte sie mir wieder einmal unter die Nase.

"Damals zu deiner Zeit gab es auch noch keine Sinnlos-Kurse, wie z.B. Deutsch für Inländer", wandte ich ein.

"Was?", fragte sie perplex. "Die schicken wirklich Österreicher in einen Deutschkurs? Damit sie hochdeutsch lernen?"

"Aber nein, wenn zum Beispiel einer im Ausland gearbeitet hat, dann hat er ja nach einem Jahr schon seine Muttersprache - pardon, darf man ja nimmer sagen, sondern Erstsprache - verlernt und muss in einen Deutschkurs!"

"So ein Bledsinn!" Ungläubig schüttelte sie den Kopf. Sie erinnerte mich immer wieder an die großartige Frau Tobisch, wenn sie so resolut den Kopf mit ihrer grauen Hochsteckfrisur bewegte. Und in ihren großen Augengläsern konnte ich manchmal mein eignes Antlitz erspähen.

"Jaja! Und eine Akademikerin haben sie in einen Stapler-Fahrer-Kurs schicken wollen, was einen Artikel in der Kronen-Zeitung zur Folge hatte. Aber diese Idioten würden auch eine Schwangere in einen Bauchtanzkurs schicken, glaub mir, Oma!"

"Hast dich wenigstens schon beschwert?"

"Paaah! Der Ombudsmann, ein gewisser Reisfleisch, oder vielmehr ein gewissenloser Reisfleisch ist so ein höhnischer Mensch, das glaubst du gar nicht, Omi! Ein richtiger Arsch mit Ohren! Und so ein unangenehmer Kretin kriegt so einen wichtigen Job!"

"Hast du ihn persönlich gesprochen?", hakte sie misstrauisch wie immer nach. "Oder nur telefonisch, weil da wird man meistens abgeschasselt!"

"Nein, nur per eMail!", gab ich zu. "Weil der feine Herr nicht dran denkt, sich der Konfrontation Face en Face auszusetzen!"

"Dann weißt du doch gar nicht, wie der ausschaut!", kombinierte sie messerscharf wie immer.

"Geh, wie so feine Pinkel auf ihren hohen Rössern ausschauen, das weiß man doch."

"Wer weiß", überlegte sie, "womöglich schreibt er seine eMails gar nicht selber, sondern lässt sie von einem Ghostwriter tippen."

"Das würde zu dem Text passen. Der Abputzmann (ein Wortspiel, denn der putzte sich immer ab, wenn er eigentlich tätig werden sollte), dieser gewisse Reisfleisch, scheint die eMails von einem oder einer Praktikantin schreiben zu lassen, denn sie haben etwas Unprofessionelles, geradezu Naives an sich."

"So? Was hat er denn - oder was hat sein Ghostwriter dir mitgeteilt?", wollte die Oma nun erfahren.

"Ich schrieb ihm, es wäre eine Tortur in einen Kurs zu gehen, der einem so gar nicht weiterhilft, und dass es einen Mann gab, der sich deswegen sogar den Fuß abgeschnitten hat."

"Stimmt", erinnerte sie sich. "Das hab ich in der Zeitung gelesen, dass der arme Mann einen wehen Fuß hatte und am nächsten Tag zum AMS hätte gehen müssen."

"Worauf er sich den Fuß abschnitt und ihn im Ofen verbrannte", setzte ich fort. "Das schrieb ich dem dämlichen Reisfleisch und der sandte mir als Replik: Na, Frau Millöcker, sich den Fuß abzuschneiden ist doch auch keine Lösung."

Nun musste meine Großmutter laut lachen. "So ein Hallodri!"

"So ein hirnloser Idiot!", verbesserte ich. "Das ist doch der blanke Hohn! Aber dem hab ich ein Mail geschrieben! Hör zu: Ihre guten Wünsche haben mir leider nicht geholfen. Besuchen Sie ein paar Vorlesungen der Fakultät Psychologie oder befragen Sie einen Neurologen, dann sehen Sie eventuell klarer! Vielleicht kommen Sie ja auch einmal in die Lage, dass Sie Hilfe benötigen, Herr Reisfleisch, und diese Ihnen verweigert wird! Dann können Sie an mich denken. In der Hoffnung, dass es bald soweit sein möge - nicht aus Bosheit, sondern damit Sie wissen wie entsetzlich sich das anfühlt! Hätte ich Ebola, würde ich auf allen Vieren ins AMS kriechen und alle Türschnallen ablecken!"

"Na servus, du traust dich was, die streichen dir noch die Notstandshilfe, ich kann dich dann nicht finanzieren", wies sie gleich auf ihre Unwilligkeit zu meiner Unterstützung hin.

"Keine Angst, Oma, ich komm schon nicht angekrochen und bettel dich um Geld an", versprach ich ihr. "Ach Geld... Da fallen mir die zehn biblischen Plagen ein: Blutwasser, Frösche, Stechmücken, Stechfliegen, Vieh-Pest, Pocken, Hagel, Heuschrecken, Finsternis, Tod aller Erstgeborener. Kennst du die zehn Plagen der Neuzeit, Oma?"

Ihre Augen vergrößerten sich, als sie sagte: "Nein?"

"Dann werde ich dich aufklären, pass auf: Politiker, diese ideologischen Flachwurzler, die in Worthülsen ein Leben beschreiben, das sie selber führen, uns aber vorenthalten. Der Neoliberalismus, das teuflische Wirtschaftssystem, mit dem die Reichen noch reicher und die Armen noch ärmer gemacht werden. Der Krebs, diese entarteten Zellen, die bei Menschen zum schnelleren Tod führen und dem Staat helfen, Pensionen zu sparen. Der Klimawandel, diese durch Abgase von Autos und Flugzeugen verursachte Erderwärmung, welche die Pole abschmelzen lässt und das Wetter radikalisiert. Der Fundamentalismus, diese Pseudo-Religion, die ihre Anhänger in den Tod hetzt, wobei viele Unschuldige draufzahlen. Der Wahlkampf, dieser Lügenwettbewerb der Politiker, mit dem das Volk hinters Licht geführt und mit Fratzen-Plakaten zum Wahnsinn getrieben wird. Die AMS-Kurse, die dazu dienen, die lästigen Arbeitslosen in den Krankenstand zu treiben oder ins Irrenhaus zu bringen. Und Geld, dieses Tauschmittel aus bedrucktem Papier und Münzen, das die Menschen zu gierigen Bestien macht."

Interessiert hatte sie mit den Fingern mitgezählt und meinte nun: "Das sind aber nur acht Plagen!"

"AH, ja natürlich! Dann hab ich noch fast vergessen: Hurrikane, die sich unter unterschiedlichen Namen immer zur Verwüstung bewohnter Gebiete aufmachen und die Naturgewalt Oma Peinreich, die ihre arme Enkelin Anni immer zur Verzweiflung treibt!"

"Sehr witzig! Und, wie geht es dir mit der Männerwelt? Gehst du immer noch mit diesem Hanse?"

"Geh Ooomaa!", sagte ich kritischen Blickes. "Mit dem ist es doch schon seit zwei Jahren aus."

"Und wer hat Schluss gemacht?", wollte sie nun wieder wissen. Manchmal war sie vergesslich oder tat zumindest so. Das war auch so eine sadistische Ader von ihr.

"Na ich natürlich, weil bei dem an erster Stelle immer seine Mami kam, das hab ich nicht ausgehalten!", erläuterte ich ihr, obwohl ich schwören hätte können, dass ich ihr das eh schon x-mal erzählt habe.

"Man darf aber auch nicht zu pingelig sein", meinte sie nun. "Wer heikel ist, bleibt über! Du bist nimmer so jung, dass du aus einer Horde Super-Männer auswählen könntest."

"Das konnte ich sowieso nie, weil ich nie eine Horde Super-Männer getroffen habe. Ich hatte immer nur das Pech, irgendwelche Deppen mit Beeinträchtigungen wie eben Ödipus-Komplex oder sonstigen Klopfern zu finden." Langsam, aber sicher fühlte ich wieder meinen Blutdruck steigen.

"Weil du solche Typen magisch anziehst!", belehrte sie mich.

"Ja, das ist das Gesetz der Polarität", wusste ich schon, "man bzw. Frau zieht immer das Gegenteil von sich selber an. Aber jetzt hab ich auf eine Annonce geantwortet. Ein feiner Herr mit einer Villa am Gardasee sucht eine attraktive Frau!"

"Und da hast DU dich gemeldet? So, wie du gebaut bist? Na, du hast ein Selbstbewusstsein, das ist größer als dein Umfang, hähä."

"Jaja, mir ist bekannt, dass ich nicht wie die Cindy Krähenfuß ausschau. Aber immerhin stamme ich ja von DIR ab, liebe Oma!", erinnerte ich sie. "Ich habe auch ein bisserl dein Aussehen geerbt."

"Ja, aber die Gene zum Zunehmen hast von väterlicher Seite geerbt, hähä. Hast ihm ein retuschiertes Foto von dir mitgeschickt?"

"Nein, das alte Passfoto vom vorigen Jahrtausend", gab ich zu. "Aber, wenn ich zum Friseur gehe, dann schau ich genauso aus wie damals."

"Ja, mit zugemachten Augen findet der dich sicher schön!", ätzte sie mit ihrem Pathologen-Humor. "Aber vielleicht hast ein Glück und bist die Einäugige unter lauter Blinden. Obwohl, wenn einer schon mit seiner Villa protzt, dann melden sich bestimmt sehr viele gierige Weiber. Die umschwirren solche Typen wie die Bienen den Honig."

"OMA! Glaubst du wirklich, dass ich keine Chance mehr habe?"

"Was weiß ich, frag einen Wachmann mit einem Strohhut!" Frech wie Oskar zeigte sie mir immer noch, wo der Hammer hing.

Eine der Pflegerinnen gesellte sich zu uns. "So, gnädige Frau, der Autobus ist jetzt da und die anderen Damen steigen schon ein."

Erfreut erhob sich meine Oma und sagte zu mir: "Wir fahren nämlich raus nach Grinzing, wo wir das schöne Herbstwetter noch ausgiebig bei einem Glaserl Wein genießen. Und dann singen wir wieder alte Wienerlieder, wie zum Beispiel: (sie hob zum gar nicht mal schlechten Gesang an) Nur a Göd, nur a Göd is des Schenste auf der Wöd, Hendl, Anten, Gansl, Fisch, lass ma renna übern Tisch! - Oder: Wer a Göd hat, kann si a Nachthemd kaufen und wer kans hat, der muaß halt nackert schlafen, mir is allas ans, mir is allas ans, ob i a Göd hab oder kans!"

"Was? Du fährst auf einen Ausflug zum Singen und trotzdem hast mich zum Besuch herbestellt?", fragte ich ganz baff.

"Naja, damit ich mir beim Plaudern mit dir die Wartezeit auf den Bus vertreiben konnte", quittierte sie mit einem Augenaufschlag, bei dem weiland schon all ihre Männer weich wurden und entfleuchte am Arm der Pflegerin wie die Ahnfrau.

Schon komisch, was einem da so alles wieder einfällt. In mein Hirn drängten sich Gedanken an die zahlreichen Schulausflüge per Bus, bei denen mir immer sauschlecht wurde und ich mir das Frühstück nochmals durch den Kopf gehen ließ - was bedeutete, dass ich in ein mitgebrachtes Plastiksackerl reiherte, also an

Retourhunger litt, wie die Lehrerin damals scherzte...

Als ich am Heimweg trüben Gedankens über meine hämische Verwandtschaft eine Seitenstraße entlangging, fiel mir unangenehm auf, dass alle Männer, die mir begegneten, keinen Seitenblick an mich verschwendeten, geschweige denn so wie früher sich nach mir umdrehten, worauf ich an mir herabsah und meine Mundwinkel nach unten sinken ließ.

"Ich brauch eine neue Garderobe!", stellte ich fest und machte einen kurzen Abstecher zu C & A, wo ich mir ein knalliges rotes Kleid im Sonderangebot um 29.90 gönnte.

"Das ist eine gute Wahl, gnä' Frau. Steht Ihnen super zum Gesicht und zaubert Ihnen noch ein bisserl eine Farbe auf die Wangen", gab die Verkäuferin ihr Okay zu dem Hingucker.

"Ja, Kleider machen Leute, sagt man." Und vor allem hoben sie die Stimmung Richtung Verzückung. "Vielleicht lerne ich darin ja endlich den Mann meiner Träume kennen."

"Na, soo zaubern kann des Kleid leider net, gnä' Frau, hihihii."

Der Satz hätte auch von meiner Oma stammen können.

Im Kurs des Schreckens

Man musste sich das Interesse für die dargebotenen Binsenweisheiten in so einem AMS-Kurs regelrecht abringen. Manche von uns widerwilligen Teilnehmern dösten vor sich hin, mit friedlich entspannt dahin schlummernden Gesichtern, manche spielten selbstvergessen mit ihren iPhones herum und solche wie ich in meinem neuen roten Kleid, die hier gar nicht hergehörten, verfluchten den verdammten Spindoctor, der sich das ganze Spiel samt hirnloser Spielleiter ausgedacht hatte. Und zwar für ein Heidengeld! Ach, ich könnte pausenlos weinen...

Das 40 m²-Souterrain-Lokal, in dem dieser Sinnlos-AMS-Kurs, in welchem ich einen Restplatz aufs Auge gedrückt bekommen hatte, stattfand, sah aus, als wäre es irgendwo in den späten 60er-Jahren mal in der Zeit stehengeblieben und roch auch so. Ich ortete wieder einmal schonungslose Steuergeldvernichtung durch staatlich verordnete Scheinbeschäftigung, die nur dem

Kursanbieter nutzte und Geld in seine Kasse spülte. Die Zeit wurde hier mit einer Erbarmungslosigkeit totgeschlagen, die Hollywood in Western immer gegenüber der bösen Revolverhelden anwandte. Und hier und heute stellte sich diese Erbarmungslosigkeit als Mord an meiner Restlebenszeit heraus, die immer weniger wurde und vor meinen Augen schrumpfte wie ein Schneemann in der Mittagssonne. Als unendlich traurig stellte sich diese Erkenntnis heraus, die bei mir und wohl auch bei einigen anderen die Depressionen aufblühen ließ wie Schimmelsporen in einem feuchten Keller.

Kein Wunder, dass bei uns die Depression die Volkskrankheit Nummer Eins ist, dachte ich und spürte, wie mich wieder einmal eine Welle des Hasses erfasste, die groß genug war, um damit das Feuer der Vortragenden zu löschen, die sich alle selber immens gerne reden hörten.

Auch die andern 34 Sinnloskurs-Teilnehmer, oder sollte ich sie besser Verdammten des AMS nennen, schienen mir wie eine Abordnung des Teufels. Außer mir waren nur vier Frauen drunter, der Rest Männer. Einer davon hatte eine Fahne, von der ich schon allein durchs Riechen

1,5 Promille ins Blut bekam. Mir schien schon das Delirium Tremens zu drohen, denn vor mir erspähte ich eine Wollmaus, also ein Lurchbinkel, wie man in Wien zu sagen pflegt. Ich fragte noch meine Sitznachbarin, die ein penetrantes Parfum aufgelegt hatte und sich vorher noch rühmte 'Ich bin schon 59 Jahre, aber das ist nur bei der Arbeit ein Problem, nicht bei den Männern.', ob sie den Dreck da auch sähe, oder ob ich ihn mir nur einbildete. Doch sie bejahte.

Auch die andre Frau, die wiederum den Trainer beim Austeilen der Formulare fragte 'Was ist Blockbuchstaben?', bestätigte mir, dass das Lokal völlig verdreckt sei. Typisch, die Männer machten gar keine Anstalten, sich darüber zu erregen, nicht umsonst sagte man dem männlichen Geschlecht eine entspannte Beziehung zum Dreck nach.

OH MEIN GOTT, dachte ich, WO BIN ICH DENN DA REINGERATEN???

Plötzlich platzte ein Mann in einem blauen Arbeitsoverall rein, guckte mit weit aufgerissenen Glotzaugen herum und forschte:

"Gibt es hier Bodenleger?" Als sich keiner meldete, verschwand er wortlos wieder.

Ich dachte mir noch, soll ich sagen, es gibt hier nur Fallensteller, die vom AMS beauftragt wurden, unschuldige Arbeitslose fertigzumachen. So wie mich allein durch das Zusammenquetschen von insgesamt 35 Personen auf 40 Quadratmeter verdreckte Fläche! Einer der Anwesenden hatte Bier oder sonstiges Hochprozentiges gefrühstückt, eine andre hatte sich mit penetrantem Parfum übergossen und so weiter... Es war zum Verzweifeln....

Die Trainerin namens Jeschonek zeigte sich gekleidet wie ein Zirkusclown in Frührente und faselte etwas von positiver Lebenseinstellung. Dabei meinte sie, es wäre schön, wenn man in der U-Bahn fährt und eine Mutter mit Kind sieht. Wenn man dann so einen kleinen Zwerg (damit meinte sie wohl das Kind) sähe, dann wäre man gleich besser gestimmt. Ich fragte mich, was das öde Gefasel bewirken soll, wollte sie, dass wir weiblichen Teilnehmer noch einmal schnell schwanger werden - sofern uns das von Natur aus noch möglich ist, sonst könnte man ja sicher die Dienste eines Fertilitäts-Spezialisten in Anspruch nehmen - oder sollten wir ihrer

Meinung nach lieber unsre körperliche Arbeitskraft in den Dienst einer Pflegemutter-Agentur stecken?

Die Erinnerung an einen alten Handelsschuldirektor kochte hoch, der uns Mädels damals ernsthaft vorschlug: "Ich Ihnen mindestens zwei Kinder zu bekommen, damit Ihre und auch meine Pension gesichert ist!"

Jedenfalls konnte ich mir keinen Reim auf ihr wirres Gerede machen und wohl auch die anderen nicht, nach deren leicht weggetretenen Gesichtsausdruck zu schließen. Doch sie redete unermüdlich und hirnlos weiter. Offenbar hatte sie das Denken schon vor Jahren ausgelagert oder überließ es einem Sprichwort zufolge den Pferden, weil diese noch größere Köpfe als sie hatten. Ohne motorischen Mehraufwand schaffte sie den Spagat zwischen einem Vortragenden und einem im Schlaf Redenden.

Man denkt, alle die hier sitzen, sind reingeprügelt worden und hat damit so Unrecht nicht, denn allen ist klar: sie sind die Esel, die mit einer Karotte - der Notstandshilfe - und einem Prügel - der Entzug derselben - hier hereingetrieben worden sind. Mit einer Miene zwischen Phlegma und mühsamer Kontrolle der Anti-Peristaltik sitzen alle gezwungenermaßen hier.

Mir verging der Appetit und ich dachte, dass hier der richtige Ort für die Weight-Watchers wäre, nur, dass sich keiner, sei er auch noch so übergewichtig, in so ein Drecksloch setzen und noch dafür zahlen würde, sich hier kasernieren zu lassen, vor allem wo die Tiraden der aufgetakelten Trainerinnen wie Strafverschärfung wirkten.

Meine Gedanken wanderten umher und drehten sich nur mehr im Kreis: Lange werde ich wohl meinen Kampf gegen die Anti-Peristaltik nicht mehr gewinnen, aber man hat halt so eine natürliche Scheu, seinen Mageninhalt vor allen Anwesenden zu offenbaren. Ein Englischkurs wäre ja direkt eine Gnade gewesen, denn der wäre ja wenigstens nützlich, aber dieser Kurs namens 'Soft Skills aktivated' war ein Lari-Fari-Kurs, der nur nützlich für die Bereicherung von den Günstlingen des Systems erschien.

Hm, dachte ich bitter, wenn ich bedenke, dass ich in der Berufsschule einst als Freifach

Religion gewählt habe, weil ich zu faul war Vokabel für Englisch zu pauken...

In der Pause flüchtete ich nach draußen, wo ich endlich wieder Luft bekam, was sollte aus mir werden, wenn ich weiter in sinnlose Kurse geschickt wurde? Ein nervliches Wrack, eine Depressive - ach, darum war die Depression die Volkskrankheit Nr.1: Wenn der Mensch die Sinnlosigkeit seines Tuns erkennt, fragt er nach dem Sinn des Lebens und findet die Antwort nicht mehr.

Wieder zurück in dem klaustrophobisch anmutenden Kellerlokal, ging die Tortur weiter und zwischendurch schickte die Clownfrau uns einen Stock höher, um ein Foto für den Lebenslauf machen zu lassen. Die Kamera lag da, von einem Fotografen fand sich allerdings keine Spur, doch es fand sich ein gewitzter Teilnehmer, der sich anbot, von uns allen ein Porträt zu schießen. Unnötig zu bemerken, dass man unter dem kalten Neonlicht der verstaubten Röhre über uns wie eine Mischung aus Wasserleiche und Serienmörder im Verbrecheralbum aussah. Damit hätte ich mich nur als professioneller Erschrecker in der

Geisterbahn im Wurschtelprater bewerben können.

Zurück im Keller: Am Boden kugelte ein weiteres Lurchbinkerl herum. Passend zu der Figur, die nun auftrat: eine andre Trainerin, die wie eine billige Prostituierte in der grinsenden Visage angemalt war, sie hatte eine Frisur wie das Nürnberger Christkindl - vermutlich zur Ablenkung ihres nichtssagenden Gebrabbels - und spielte mit uns dicht gedrängten, hilflosen Anwesenden sinnlose Psychotests durch.

"So, jetzt nennt jeder einen Baum. Fangen wir in der ersten Reihe an", flötete sie und zeigte auf eine der wenigen Frauen in der ersten Reihe.

Diese entgegnete ihr mieselsüchtig: "TRAUERWEIDE!!!"

"Und nächster, was wollen Sie für einen Baum?" Diesmal zeigte sie auf einen Mann, dem die Unlust deutlich anzumerken war.

"Einen Galgenbaum, wo ich SIE dran aufhängen kann!" Dabei zeigte er mit dem Finger auf die überschminkte Trainerin. "Und die andern Armleuchter vom AMS!!!"

Vereinzeltes Gelächter, dann zeigte die aufgetakelte Kuh auf mich: "Und Sie, was ist Ihr Baum?"

Alle guckten mich neugierig seitlich an, worauf ich gehemmt und ratlos stammelte: "Ähhh, weiß nicht äh- Weihnachtsbaum???"

"Wenn Sie keine normalen Bäume wie Ahorn oder Buche nennen können, dann machen wir was andres. Wir nehmen eine Zeitung zur Hand", nun zeigte sie gebieterisch auf einen Stoß Zeitungen vor ihr auf dem Tisch, "und jeder sucht einen Job für seinen Sitznachbarn. Da müssen Sie miteinander reden!" Nun stolzierte sie in ihren High-Heels davon wie eine, naja, eh-schon-wissen...

Eine der Frauen fotografierte das größere Lurchbinkerl mit ihrem Handy und meinte noch: "So, jetzt hab ich einen Beweis für das Gesundheitsamt! Die kasernieren uns in so einem Drecksloch."

Der Galgenbaum-Mann von vorhin schlug vor: "Ha, wissen'S, was machen können? Einen Facebook-Account für die Wollmaus eröffnen."

"Das ist eine gute Idee!"

Er nickte eifrig: "Dazu schreiben Sie: Lurchi, die AMS-Kurs-Wollmaus sucht einen Gefährten für schöne Stunden, hähähä!"

Zustimmend nickend stand ich auf, nahm eine Zeitung vom Stoß, blätterte sie durch und schaute nach, ehe ich feststellte: "Da sind ja gar keine Annoncen drin."

"Ja, das hat was Dadaistisches. Da sollst was suchen, was gar nicht da ist! Und dafür kriegen diese unfähigen Trotteln bezahlt. Die sollten alle ihr Gehalt in einer Geschenkpackung bekommen"; meinte die Trauerweiden-Frau und ging raus.

Der Mann folgte ihr und rief aus: "Der Breivik hat die Falschen umgelegt!"

Missmutig setzte ich mich wieder und sah meinen Sitznachbarn kritisch an, einen ungepflegten, voll tätowierten Bärtigen. "Sie sind mir nicht böse, wenn ich Ihnen sag, dass Sie sehr stark nach Alkohol riechen..." Hinweisend zeigte ich auf ein Schild an der Wand - ALKOHOLVERBOT!

Drauf der Bärtige: "Ja freilich! SIE halten das aufgetakelte Affenweiberl hier vielleicht nüchtern aus, aber ich brauch mindestens zwei Promille, damit ich den Affenzirkus aushalt, chächächäää!" Nun holte er seinen Flachmann aus der Hosentasche und ließ sich volllaufen.

Jetzt reichte es mir und ich stapfte zu der überschminkten Tussi-Trainerin in das hintere Büro und erklärte ihr: "Sie, werte Frau Zyanid-Mankell, entschuldigen Sie vielmals, aber ich halte das nicht aus! Der Mann neben mir ist betrunken, ich kriege schon von seiner Fahne Übelkeit. Außerdem ist der Raum überfüllt, verstunken und verschmutzt, ich bin zwar arm aber reinlich, ich bekomme alle Zustände bei Ihnen. Können wir unser Kursverhältnis bitte beenden?"

Sie kicherte blöde und meinte mit arroganter siegessicherer Miene: "Jetzt haben Sie gerade erst angefangen, jetzt können Sie nicht aufhören, hihihi!"

Na, ich machte große, ungläubige Plüschaugen und ließ meinem Frust vollen Lauf: "Wissen Sie, was SIE mich alle können? Aber genau das! Ich geh in den Krankenstaaaand!!!" Dann rauschte ich ab. Es ging nix über einen dramatischen Abgang – wie auf einer Bühne!

Ich flüchtete förmlich aus dem verdreckten Kurslokal und lief oder rannte vielmehr zu Fuß am Gürtel entlang vom 15. bis in den 3. Bezirk, denn hätte ich die Straßenbahn genutzt, dort noch viele Leute getroffen und sich hinter mir die Türe geschlossen, dann wäre ich wahnsinnig geworden.

Ziemlich außer Atem erreichte ich meinen Heimatbezirk Landstraße, wo ich dann meinen Hausarzt beehrte, der sich geduldig mein Problem anhörte.

"Ich bin voller Existenzängste, nachts liege ich oft stundenlang wach und überlege mir einen Ausweg, aber ich finde keinen, jeder Arbeitgeber will nur einen jungen, billigen Arbeitnehmer-"

"Nau, es gibt genug junge Arbeitslose auch!", stellte er fest.

"Ja, und dann noch die Sache mit den Kursen. Herr Doktor, ich bin ein friedliebender Mensch, wirklich, aber ich musste mich heute so beherrschen, dass ich dieser affektierten Kuh, die mich praktisch in Geiselhaft nehmen wollte, nicht eine gescheuert habe, dass ihr 14 Tage der Schädel wackelt, wie man so schön sagt, so kenne ich mich gar nicht. Vielleicht ist das schon der anstehende Wechsel..."

"Ja, der Vorwechsel. Aber ich schicke Sie sicherheitshalber einmal zum Neurologen. Sie haben alle Anzeichen einer reaktiven Depression."

"Ja bitte, ich brauche auch eine Krankmeldung fürs AMS."

"Alles klar! Das wird Ihnen halt einfach zuviel gewesen sein. Jeder Vierte wird im Laufe seines Lebens einmal psychisch krank! Besonders, wenn er arbeitslos wird..."

"Das wundert mich nicht. Ich bin mittlerweile sicher, dass die Erde ein Strafplanet ist. Diese Esoteriker haben recht, doch ich kann mich leider nicht erinnern, was ich im früheren Leben falsch gemacht habe.... Können Sie mir einen Kollegen empfehlen, einen Neurologen?"

"Ja, gehen Sie zum Dr. Zuckermann in den 1. Bezirk. Die Adresse finden Sie im Telefonbuch."

"Vielen Dank, ja das Leben ist kein Zuckerschlecken!" Nein! Es war eine Aneinanderreihung von herben Enttäuschungen!

Nervenzerfetzend

Mein Leben verlief manchmal komisch, wie in dem Witz, wo ein Ausländer in Wien zwei Einheimische fragt: "Do you speak english?" – Die beiden verneinen. "Parlez-vous francais?" - Sie schütteln die Köpfe. - "Parla italiano?" - Keine Reaktion. "Habla espanol?" - Wieder nix. Also geht er traurig weiter und ein Wiener sagt: "Ein gescheiter Mensch, hat vier Sprachen gesprochen!" Drauf der andere: "Und? Hat's ihm was genützt?"

So wie der Ausländer fühlte ich mich vor einer pipi-feinen Adresse im 1. Bezirk, die ich meinem alten Telefonbuch entnommen hatte und wo ich auf der Gegensprechanlage den Namen des Neurologen suchte. In Jogginghose mit grauem T-Shirt, auf dem die US-Südstaatenflagge prangte, und Sneakers war ich losgezogen, um mir persönlich einen Termin abzuholen. Dabei fielen mir Karl Lagerfelds Worte ein: Wer Jogginghose trägt, hat die Kontrolle über sein Leben verloren. - Da konnte ich nur zustimmen. Plötzlich öffnete sich das Haustor und ein Mann in einem orangeroten Overall mit Wischmopp fragte: "Wollen'S eini?"

"Äh, ja, wo ordiniert hier der Dr. Zuckermann?"

Drauf er mit einer Hand am Ohr: "Zu wem wollen'S?"

"Zu Dr. ZUCKERMANN! Er steht nicht auf der Anzeige da!"

"Net?"

"NEIN! Kennen Sie ihn?"

Er schien zu überlegen und antwortete schließlich nach gefühlten zehn Minuten: "Naaa!"

Eine mondäne Frau mit Windhund kam zum Haus und er rief ihr zu, wobei er auf mich deutete: "Da braucht wer an Doktor. De wüll zum Dr. Zuckerberg."

"ZUCKERMANN!", korrigierte ich ihn schon leicht nervös.

"Ach soo?"

Skeptisch maß sie mich vom gezogenen Scheitel bis zur Gummisohle.

"Kennen Sie ihn, gnädige Frau?", erkundigte ich mich schon etwas ungeduldig.

Auch sie überlegte angestrengt. "I glaub net!"

"Sie kennt eahm aa net!", übersetzte der Mann mit Mopp unnötigerweise, der mir minütlich unsympathischer wurde. Er sah aus wie mein Arsch in Verzweiflung.

"Wie lang sind Sie hier schon Hausmeister?",
wollte ich wissen.

"I bin doch ka Hausmasta!", protestierte er
empört aufbrausend, so als hätte ich ihn schwer
beleidigt. "Sondern Facility Manager!" Dabei
spuckte er durch die Vorderzahnlücke und
schien sich fast die Zunge zu brechen. Mit stolz
geschwellter Brust drehte er mir kurz den
Rücken zu, sodass ich die große Werbeaufschrift
BLITZBLANK GmbH & Co KG lesen konnte.

Daraufhin fragte ich die Hundemutter:
"Wohnen Sie schon länger hier, gnädige Frau?"

"Wieso wollen'S des wissen?" Wieder dieser
herablassende Blick, als wäre ich zum
Auskundschaften einiger lohnender
Einbruchsziele hier. Auch vom Mopp-
Schwinger.

"Na um zu erfahren, ob der Doktor vielleicht
schon länger verzogenen ist. Im Telefonbuch
steht er noch mit der Adresse hier, aber die
Nummer ist inaktiv.

"Welcher Doktor?", fragte sie.

"Na, der Zuckerberg!", antwortete er.

Eine alte Dame mit Stock kam dazu und
scherzte: "Wenn mehr als zwei Leut'

z'sammsteh'n, muss eine Demo angemeldet werden!"

"Gnädige Frau, kennen Sie den Dr. Zuckerberg-äh-mann?", fragte ich hoffnungsschöpfend.

"WEM?"

Der Reinigungsmaxl trat seitlich an sie heran und brüllte ihr ins Ohr: "Dr. ZUCKERMANN!" Zu mir meinte er leise: "De Alte is terrisch!"

"Na, der wohnt da nicht! Was is'n des für a Dokta?", wollte die beinahe Taube wissen.

"NERVENARZT!!!", schrie ich und ergriff die Flucht, die Blicke der Unwissenden im Nacken.

Daheim, als mein Blutdruck wieder seine normale Frequenz erreicht hatte, tat ich das, was ich hätte gleich tun sollen: nach einem Schluck Cognac rief ich die Auskunft an. Um die neue Telefonnummer und Adresse von Dr. Zuckermann oder doch Zuckerberg, das wusste ich nach den Aufregungen selbst nicht mehr so genau, zu erfahren, wählte ich also die Nummer der Auskunft und eine weibliche Stimme meldete sich nach kurzer Warteschleifenmusik - dem Donauwalzer.

Diese verkündete: "Herzlich willkommen bei der Sofort-Auskunft. Sobald sich ein Service-Mitarbeiter meldet, kostet dieses Gespräch maximal 2 Euro17 pro Minute." - Puh, sauteuer, dachte ich, während mir das Ohr weiter mit klassischer Musik zugedröhnt wurde. Mit ging's bei Klassik immer wie in dem Spliff-Song: …bei Wagner muss ich kotzen, bei Mozart werd' ich krank! - Ja, und Johann und auch Richard Strauss machten mich schwummerig.

Dann meldete sich eine andere weibliche Stimme: "Platz 47 wird sich in Kürze melden!"

Endlich meldete sich die Dame von Platz 47 und meine Gelduhr begann zu ticken: "Schönen guten Tag! Mein Name ist Regina Roswitha Starhemberger-Spumantore! Was kann ich für Sie tun?"

Die stellten scheinbar nur Leute mit langem Namen ein, um die Summe in die Höhe zu treiben und wiesen sie noch an, unnötige Floskeln einzubauen. Was wird sie wohl für mich tun können? Mir die Schuhe putzen? Die Fenster sind auch schon dreckig, fiel mir brühend heiß ein!

Aber ich sagte noch ganz ruhig: "Tag, die neue Telefonnummer von Dr. Zuckermann vormals gemeldet im 1. Bezirk."

Sie wiederholte im Zeitlupentempo: "Doktooor Zu-cker-mann…1. Be-zirk" - Kurze Pause. Dann nach einer gefühlten Ewigkeit - ich hatte schon mindestens einen 10er verplempert - zwitscherte sie: "Die Nummer wird angesagt! Wollen Sie zum Auskunfts-Tarif verbunden werden?"

Ich wollte schon fragen: Um 2 Euro17 innerhalb Wiens? Glauben'S ich bin die Onassis? Sagte aber nur schnell 'Nein!' und wartete auf die Telefonnummer, die mir eine Automaten-Stimme wieder in Zeitlupe zum Mitschreiben ansagte.

Es war, wie schon von mir befürchtet, die mir bereits bekannte, inaktive Nummer, wo nur mehr eine schrille Sirene heulte. Also nochmals schon leicht erzürnt die Sofort-Auskunft angerufen, Klassik-Musik über mich ergehen lassen, Sprüchlein angehört und die Dame von Platz 39 rüde im erlernten Nutzlos-Redefluss unterbrechend in den Hörer gebellt: "Bitte! Die NEUE Nummer von Dr. Zuckermann, der

FRÜHER im 1. Bezirk wohnte, jetzt aber sicher woanders!!"

"Sie brauchen nicht so zu schreien, ich höre Sie sehr gut!", piepste sie beleidigt. "Können Sie den Namen buchstabieren?"

Na klar, alles auf meine Kosten: "Z wie Zorn, U wie unselig C wie Chaos-" Zum Glück fand sie ihn schon vor Beendigung meiner vergleichenden Aufzählung.

"Ich habe hier einen Dr. Zuckermann im 9. Bezirk", meldete sie mir fröhlich.

"Jaa, schnell her mit der Nummer, ich wähl selber!", sprudelte ich heraus.

"Gute Besserung!", verabschiedete sie sich und ich schrieb mir die Nummer auf, welche mir die Automaten-Stimme nun verriet. Enthusiastisch wählte ich sie sofort und der Doktor meldete sich auch wider mein Erwarten mit sonorer Stimme: "Zuckermann!"

"Endlich erreiche ich Sie, Herr Doktor, bitte, ich bräuchte dringendst einen Termin!", flehte ich ihn an.

"Bedaure, aber ich habe mich bereits zur Ruhe gesetzt und ordiniere nicht mehr!"

"Oje! Kö-Können's mir einen guten Kollegen empfehlen?", röchelte ich schon in den Hörer.

"Nein, aber rufen'S doch einfach die Auskunft an!" - ARGH!!!

Um mich ein wenig zu beruhigen, wollte ich mir ein belegtes Brot machen und tat zwei Eier in einen kleinen Topf mit Wasser, den ich auf den Gasherd stellte. Die Zeit bis zum Kochen nutzte ich, indem ich eine alte Kollegin anrief, die mir dann die aktuelle Telefonnummer eines anderen Neurologen gab. Die liebe Erna erzählte mir bei der Gelegenheit noch, dass ihr Mann sie nach Einreichen der Scheidung mit Rosen überhäuft hatte, worauf sie die Klage zurückgezogen hatte. Außerdem mussten sie die böse Schwiegermutter zu Grabe tragen und erfuhren von Nachbarn, dass diese ihre Ersparnisse zerschnipselt und dann die Toilette runtergespült hatte. Ich bedauerte sie ausgiebig und merkte, dass sich meine Wohnung mit Rauch füllte. Dunkelgraue Schwaden plus dazu passendem Geruch machten sich breit und beleidigten mein Riechorgan. War vielleicht mein proletenhafter Nachbar mit der Zigarette eingeschlafen???

"JESSAS MEINE EIER!", rief ich desperat aus, beendete schnell das Gespräch und riss alle Fenster auf. Die gekochten Eier waren bereits schwarz geworden und ähnelten den chinesischen Tausendjährigen Eiern.

Daraufhin war mir leider der Appetit vergangen und ich rief den Neurologen an, den mir Erna empfohlen hatte, dessen genervte Vorzimmerdame mir jedoch offenbarte, mit der Termingebung schon fünf Monate voraus zu sein. Doch ich benötigte ja einen Termin noch in dieser Woche, den ich dank ihrer Empfehlung letztendlich doch noch am nächsten Tag bei einem Herrn Dr. Salzberger - auch im 1. Bezirk - bekam, da ihm zum Glück jemand ausgefallen war - wahrscheinlich durch Selbstmord, nachdem er mit der Auskunft telefoniert hatte. PUH!

So ein Neurologe kümmert sich um die angespannten Nerven, von denen einige meiner dünnen Exemplare schon gerissen sein mussten. Ein Psychiater kümmerte sich um die geschundene Seele, die bei mir auch ziemlich angekratzt schien, doch noch nicht so sehr, dass ich hätte eine Sitzung buchen müssen. Außerdem konnte ein solcher Psycho-Doc aus meinem katastrophalen Dasein auch nur erträgliches Elend machen. Meinem Elend wollte ich nun in Morpheus Arme entkommen und legte mich nach all der Aufregung zeitig schlafen, denn im ORF und im Kabel-Fernsehen liefen eh nur wieder elendsfade Wiederholungen von Uralt-Filmen mit einer Handlung, die der Realität so fern war wie der Mond Mutter Erde. Dabei hatte der ORF doch einen Bildungsauftrag, doch bildete sich scheinbar ein, sich nicht dranhalten und seine unzähligen anspruchsvollen Zwangsgebührenzahler in den Schlaf treiben zu müssen.

Im Wartezimmer

Am Tag des Termins holte ich noch die Post aus meinem Postkasten, ehe ich mich zum Neurologen aufmachen wollte und staunte, denn ein Brieflein aus der Schweiz mit einer schönen Briefmarke darauf war darunter. Unter all den vielen Rechnungen, Mahnungen und Werbebriefen. Das edle Büttenpapier verriet mir schon eine gewisse Präsenz von Geldadel. Pochenden Herzens öffnete ich die Liebesbotschaft meines vielleicht Bald-Geliebten und Hausbesitzers am Gardasee und las folgende mit Füllfeder geschriebene Zeilen:

Liebe Anni,

vielen Dank für deinen herzerwärmenden Brief. Er las sich so, als wären wir schon unendlich lange miteinander bekannt und hätten uns nicht erst durch eine banale Zeitungsannonce gefunden. Es war ein Vergnügen, deine Selbstbeschreibung zu erfahren, bei der ich mir eine ausgesprochen liebenswerte Frau vorstellte, was mir auch dein Foto bestätigte. Die Attribute attraktiv und feminin passen sehr gut auf dich. Auch deine Hobbies passen zu den meinen, obwohl ich weder koche noch backe, dafür umso lieber speise.

Genug davon, es bleibt uns noch genügend Zeit uns persönlich über unsere Gemeinsamkeiten auszutauschen. Denn ich möchte dich so bald als möglich zu mir einladen. Doch halt, zuvor willst du bestimmt wissen, mit wem du es zu tun hast.

Ich bin ein erfolgreicher Bauunternehmer und tätige Geschäfte, die sich lohnen, wobei ich auch auf das Wohl meiner Kunden Rücksicht zu nehmen pflege. Das bedeutet, dass ich das Geld nicht im Voraus verlange, sondern durchaus zu warten bereit bin, bis die Kunden mir nach dem Einzug den oft schon überfälligen Betrag überweisen. Das heißt, ich muss oft Kredite aufnehmen, um weitere Geschäfte tätigen zu können. Mein Haus ist derzeit mit einer Hypothek von 36.000 Schweizer Franken belastet. Bis zu Weihnachten sollte sie getilgt sein.

Nun habe ich folgende Frage an dich, meine liebe Anni: Könntest du mir 6.000 Euro überweisen, damit ich meine monatlichen Unkosten begleichen kann? Du bekämst sie mit 7 % Zinsen wieder zurück. Die Bank möchte ich damit nicht behelligen und auch meine Geschäftspartner sollen davon besser nichts erfahren. Es wäre mir zu peinlich diesen wichtigen Leuten mit so einer Kleinigkeit zu kommen.

Anbei findest du ein Foto von mir und einen Erlagschein. Du kannst natürlich auch erst einen Teil einzahlen und mich zuerst persönlich kennenlernen. Dann würde ich dich jedoch bitten, mir dein Kommen schriftlich zu avisieren. In Liebe, Dein Bernhard

PS: Ich sehe uns schon auf meiner Terrasse sitzen, wo wir uns ein Sektfrühstück einverleiben.

TSISSS!!! Dazu hatte er mit Filzstift rote Herzchen gemalt und auf dem beigelegten Bild sah er aus wie der TV-Traumschiff-Kapitän, dessen Name mir entfallen war und der bereits in den Ewigen Jagdgründen weilte.

Eigentlich hätte ich ziemlich verärgert sein müssen, einem offensichtlichem Heiratsschwindler in die Fänge geraten zu sein, doch ich musste einfach nur hysterisch lachen: "HAHAHAAA! Rudi, der hält mich wohl für total im Eimer!!!"

Und sogar mein Rudi zwitscherte belustigt in seinem Käfig. Ich musste einen Cognac zwitschern, um das zu verkraften.

Glaubte der eidgenössische Einfaltspinsel tatsächlich, dass bei mir was zu holen sei??? Natürlich konnte er nichts von meiner Arbeitslosigkeit und der damit einhergehenden Armut wissen, doch was kann das für ein Mann sein, der eine Frau, die er noch gar nicht kennt, um Geld anbettelt??? Obwohl.... Was, wenn das nur ein Test war? Denn eine Heiratsschwindlerin würde auf sowas natürlich niemals eingehen. Und sieben Prozent Zinsen wären ja nicht zu verachten....

Energisch schüttelte ich den Kopf, vor allem, weil ich doch nie im Leben 6.000 Euro auf der hohen Kante hatte, denn ich hatte überhaupt keine Ersparnisse mehr und musste jeden Monat herumrechnen, damit ich mit dem Minibudget halbwegs auskam.

Tja, so wird es wohl wieder nix mit einer glücklichen Liebschaft, dachte ich nun ernüchtert, ich muss weiterhin im Wartezimmer des Glücks ausharren.... Und vorher im Wartezimmer vom Onkel Doktor!

Endlich saß ich wenig später in einem bequemen Mantelkleid aus 100 % Lyocell also beim Neurologen und fühlte mich wie in einer Vorhölle. Übrigens hatte ich schon beim Eintritt in die altmoderne Ordination im 1. Bezirk das Gefühl eines Déjà-vu-Erlebnisses. Irgendwo in einem Agentenfilm aus den 70er-Jahren habe ich die weitläufigen Räume, die seit damals sicher nicht renoviert wurden, schon mal gesehen, aber in welchem??? Mit Alain Delon oder Lino Ventura, aber egal, die Sprechstundenhilfe saß in einem pittoresken Glaskobel und im angrenzenden Raum standen diverse Betten getrennt durch weiße Vorhänge, richtig enterisch. Schon wollte ich auf dem Absatz kehrtmachen, aber da ich schon mal da war, trieb mich die Neugier zum Bleiben. Der hatte die Zeitschriften auf dem warmen Heizkörper der auch schon altertümlichen Zentralheizung liegen. Von Brandgefahr hielt er wohl nix. Ein Traum für Pyromanen. Ich setzte mich zwischen zwei normal aussehende Herren auf den einzigen freien Stuhl.

Mein linker Sitznachbar verwickelte mich in ein Gespräch, wobei ich allerdings nicht sicher war, ob er mich meinte oder doch ein Selbstgespräch führte, denn er plapperte in einer Tour dahin. Und das, obwohl doch Männer sonst lieber die großen Schweiger spielen.

"Anfänger setzen auf Favoriten, Gewinner auf Chancen!"

"Ach?", sagte ich automatisch, offenbar redete er vom Spiel, also dem Wetten, von dem manche dachten, dass sie damit ihren Lebensunterhalt bestreiten könnten.

"Man muss nur einfach in der Lage sein, seine Variablen in Wahrscheinlichkeiten umzuwandeln." Dabei klang er richtig professionell. Er wirkte überhaupt überaus cool, sehr abgeklärt, als wisse er von allen Abarten der Welt und deren Bewohnern.

"Klingt ganz einfach", meinte ich achselzuckend.

"Allein in unsrer Alpenrepublik werden alljährlich summasummarum rund 1,275 Milliarden Euro ausgegeben."

"Sie meinen verspielt?", warf ich ein.

Scheinbar ließ er meinen Einwand nicht gelten, denn er redete ohne Pause weiter: "Vor allem der Sportwettenmarkt legt jedes Jahr kräftig zu. Ich habe längst mein eigenes Spielsystem ausbaldowert, damit wurde ich in kurzer Zeit zu einer regelrechten Gallionsfigur!", schwärmte er mir vor, oder sich selber, wie man es halt nahm. "Das beruhigt mich ungemein!"

"Warum sitzen Sie dann hier bei einem Nervenarzt?", erlaubte ich mir, ihn etwas blauäugig zu fragen.

Draufhin guckte er mich mit empörten braunen Augen an - mir deuchte, der hielt mich für total plemplem - und erklärte: "Na, ich warte auf das Endergebnis zwischen Rapid und Kapfenberg!"

Jetzt wusste ich wenigstens, warum er sich den Hemdkragen mit einer spinatgrünen Krawatte zuschnürte. Wahrscheinlich hatte er seine ganze Wohnung grün angestrichen, bis auf die Toilette, die er vermutlich in violett getaucht hatte, der Vereinsfarbe der Feinde.

"Spielen Sie auch Tipp3?", fragte er.

"Äh, nein, ich hab kein Glück, weder im Spiel noch in der Liebe", gab ich widerwillig zu und bereute in dem Augenblick schon meine Ehrlichkeit, denn jetzt fühlte sich der Komiker womöglich bemüßigt, mir den Hof zu machen. Und das konnte ich in meiner Situation nun wirklich nicht gebrauchen.

"Naja, kann man nix machen!", sagte er jedoch nur und wandte sich von mir ab, was mir eigentlich auch ganz recht war...

Das letzte, was ich brauchte, war ein Nervenkranker, der mir Avancen machte. Momentan hatte ich einen Punkt in meinem Leben erreicht, wo es mich gar nicht mehr interessierte, dass es zwei Geschlechter gab...

Nun beugte sich mein rechter Sitznachbar zu mir und meinte leise: "Hat der Herr neben Ihnen über mich gesprochen?"

Oh Gott, dachte ich, der hat die Paranoia.

"Nein, er sprach vom Spiel, dem Wetten bei Tipp3!", klärte ich ihn ebenso leise auf.

"Wissen Sie wie man Spielkarten nennt?",
fragte er nun.

"Äh- naja, ich kenne Poker-Karten, Bridge-
Karten,-", zählte ich auf.

"Das Gebetbuch des Teufels!"

"Äh- wie bitte?", hakte ich nach, da ich mich
verhört zu haben glaubte.

Zwar war ich gläubig, doch der Teufel
verwendete doch kein Gebetbuch, oder?

"Des Teufels Gebetbuch sind die
Spielkarten!", zischte er mir zu und
überschwemmte mich mit Speicheltröpfchen.

"AHA!", entkam mir und ich dachte:
hoffentlich hat der Irre nicht TBC.

"Ja, das ist ein Aha-Erlebnis!", bekräftigte er
und wandte sich auch ab.

Und zwischen zwei solchen Witzfiguren
musste ich noch eine halbe Stunde ausharren....

Beim Onkel Doktor

Endlich war ich am Ziel meiner Bemühung:
im großen Ordinationszimmer direkt beim
Nervenarzt, einem etwas einschüchternd
aussehenden älteren Herrn kurz vor der Pension.
Eine Mischung aus verwirrtem Professor und
orientierungslosem Obdachlosen im weißen
Mantel. Wer die Muppet-Show kennt: er sah

dem blauen Adler Sam mit den buschigen Augenbrauen, welcher immer den Moralapostel spielt, täuschend ähnlich.

Nach kurzem Warten empfing er mich also doch noch und hörte sich meine Probleme an, nicht ohne Widerworte: "Was glauben'S wie oft ich das schon höre? Circa 3000mal im Jahr."

"Jaja, aber bisher erst zum ersten Mal von mir. Ich bin sowas ja nicht gewohnt", verteidigte ich mich tapfer.

"Mir brauchen Sie nix erzählen, glauben'S ich schwimme auf der Nudelsuppe?"

"Zum Erzählen bin ich aber hier!", protestiere ich schwach.

"Sie könnten eh schon die Frühpension beantragen. Alt genug dafür sind Sie ja schon."

"Nein, ich möchte ja arbeiten, ich bin nicht arbeitsscheu, Herr Doktor, ich würd' mich für Geld sogar bucklig arbeiten, obwohl ich immer schlecht verdient habe. Einer meiner Chefs war ein schwerer Choleriker, der sich wegen jeder Kleinigkeit furchtbar aufgeregt hat, plärrte mich einmal wie ein Berserker an: 'Was haben'S da schon wieder gemacht, das ist ja alles Falsch!'

Obwohl nur ein paar Beistriche im Brief gefehlt
haben, die ich leicht nachtragen hätte können,
hat der Bosnigel mir den Brief zerrissen und ich
musste den ganzen Text nochmals abtippen.
Dafür hat er seine Pension nur 14 Tage erlebt,
denn der giftige Kettenraucher wurde wegen
Luftröhrenkrebs aufgeschnitten, was ihm noch
schneller ins Grab geholfen hat."

"Und sind Sie jetzt wegen dem Choleriker
hier bei mir?"

"Nein, aber diese ganzen sinnlosen AMS-
Kurse zerren derart an meinen Nerven, da geht
mir das Messer in der Tasche auf! Viel hätt'
nicht gefehlt und ich hätte der einen rotzfrechen
Frau in einer dieser gewissen Einrichtungen, die
wie Pilze aus dem Boden sprießen, eine
Ohrfeige verpasst,.. dann hätte ich eine Vorstrafe
auch noch ausgefasst."

Pikierter Blick vom Herrn Neurologen.
"Dann werde ich Sie jetzt einmal untersuchen!
Stehen Sie auf, ziehen Sie sich die Schuhe aus
und stellen sich dort an die Wand."

"Soll ich mich ganz ausziehen?", fragte ich,
als ich mich an die Wand stellte wie zur
Hinrichtung.

"Nein!" Schon stellte er sich mir gegenüber in einer Distanz von zwei Metern hin. "Aufpassen! Mir zusehen, dann nachmachen! Augen zu!" Er schloss seine Augen und lief mit nach vorne ausgestreckten Armen auf der Stelle. Hernach öffnete er die Augen wieder und zeigte mit beiden Zeigefingern auf mich. "So, jetzt SIE!!!"

Und ich schloss die Augen und lief wie er zuvor auf der Stelle und kam mir dabei wie ein Idiot vor.

"Gut! Augen auf! Zusehen, dann nachmachen! Augen zu!" Er schloss seine Augen und streckte die Arme seitlich aus, fuhr sich dann erst mit einem Zeigefinger auf die Nase, dann mit dem anderen. "So, jetzt wieder SIE!"

Ich schloss wieder meine Äugelein und streckte meine Arme seitlich aus und berührte mit den Zeigefingern nacheinander meine Nase, wobei ich sie mit dem linken Zeigefinger knapp verfehlte. Es erinnerte mich an den Alko-Test der Polizei, wo man auf einer Linie grade gehen muss und dann die Finger an die Nase führen.

Nun kam er mit einer Taschenlampe, blendete mich, das hieß, er leuchtete mir in beide Augen, dann musste ich die Zunge rausstrecken und ganz schnell nach rechts und links bewegen. Schade, dass keiner mitgefilmt hat, das wär der Lachhit auf YouTube gewesen.

"Gut! Und jetzt legen sie sich dorthin flach auf den Bauch!" Er bat mich hinter einen grünen Vorhang, wo eine Liege stand, die er mit Papier auslegte.

Also legte ich mich auf die Liege und dachte mir noch, oje, jetzt wird's unangenehm.

Dann untersuchte er mich, indem er mir mit dem Zeigefinger die Wirbelsäule von oben nach unten entlangfuhr und auf die Schulterblätter klopfte - ich wollte schon HEREIN rufen oder KEINER DAHEIM, unterließ es aber. Dann begann er meine Fußsohlen penibel zu inspizieren. Zum Glück hatte ich noch am Vortag eine penible Pediküre an mir vorgenommen.

"Jetzt umdrehen und auf den Rücken legen!", wies er mich an.

Und ich tat, wie mir geheißen.

Hernach hob er erst mein linkes Bein hoch, dann das rechte, fuhr mit einem Metallgegenstand über beide Fußsohlen, klopfte mit einem Hämmerchen auf die Reflex-Zonen, brachte einen Metallpegel mittels Klopfen ans Bettgestell zum Schwingen, hielt ihn mir an die Handgelenke und fragte: "Spüren'S die Vibrationen?"

"Jaaa." War so ähnlich wie Klangschalen-Therapie.

Dann musste ich aufstehen, mich wieder vor ihn hinstellen und er wies mich an: "Erst zusehen, dann nachmachen!" Schon wieder schloss er mit ausgebreiteten Armen die Augen und trippelte ein paar Mal wild auf der Stelle als wolle er Steppen, und machte dann jeweils links und rechts einen großen Schritt auf der Stelle, wobei er das Knie jeweils bis fast zur Nase anzog. Dann tippte er sich abwechselnd mit dem linken und dann mit dem rechten Zeigefinger an seine Schläfen. "Jetzt Sie!"

Wie aufgetragen wiederholte ich seine Vorführung, diesmal sogar anstandslos. Scheinbar ergötzte er sich an meinem Anblick und wartete darauf, dass ich umfiel, aber den

Gefallen tat ich ihm nicht, sondern steppte so wie er, tippte mir an die Schläfen, wobei ich das Lachen verbeißen musste. Jedenfalls durfte ich die Schuhe wieder anziehen und er sprach ins Diktafon etwas unverständlich für mich: "Aphasie (oder so ähnlich) negativ, Reflexe verzögert…"

Das übliche Medizinerlatein halt.

Ich verstand aufgrund seiner nuschelnden Aussprache nicht genau, was ich eigentlich hatte, bzw. was er glaubte, dass ich hatte…

Danach setzte er sich wieder an seinen Tisch. "Ich überweise Sie jetzt noch an ein Labor, das ihr Gehirn untersucht und mit Ultraschall ihre Karotis überprüft. Das sind die üblichen Vorsorgeuntersuchungen, dann kommen Sie mit den Befunden wieder zu mir! Lassen Sie sich von meiner Sprechstundenhilfe einen Termin geben!"

Das hieß, er sandte mich in ein medizinisches Labor zum EEG (wo man Hirnströme misst) und NLG (wo man die Nervenleit-Geschwindigkeit misst). Uff, befürchtete ich schon die nächste Geisterbahnfahrt, denn ich hasste medizinische Untersuchungen. Es soll schon jemand während eines EKG-Belastungstest auf so einem medizinischen Hometrainer-Fahrrad gestorben sein. Naja, was tut man nicht alles, wenn man befürchtet, von andern dem Wahnsinn in die offenen Arme getrieben zu werden.

Die Untersuchungen dort in dem Labor mit so einer komischen Elektrodenhaube und einem Ultraschallgerät beschreibe ich nicht im Detail, nur so viel: angenehm ist anders...

Verzweiflungsgedicht

Es ist schon komisch, meine prekäre Situation wühlte Kindheitstraumata auf, die ich immer mit kleinen Gedichten zu bekämpfen versuchte. Immer, wenn etwas schieflief in meinem Kinderleben, schrieb ich ein Gedicht und steckte es meiner Mutter untern Kopfpolster. Z.B: Mami, ich hab dich lieb - bitte gib mir keinen Hieb - Lass mich auch mal fernschaun - tu mich nicht am Popsch haun!

Es nutzte leider nichts...

Drum schrieb ich ihr einmal zum Muttertag: Ich bin so klein, mein Herz ist rein, bald bring ich dich ins Altersheim!!! - Aber das war lange her...

Und hier und heute schrieb ich auch dem AMS lyrisch in Gedichtform von meiner Pein, um etwas entlastet zu sein:

Vom Krankenlager schreib ich Ihnen - kann nicht mir froher Kunde dienen - Der Kurs der Scheinfirma Arbeitstransfair - machte mich glauben, dass ich in der Hölle wär! - Massenzulauf, miese Luft & dreckige kleine Räume - verursachen mir allnächtlich Horrorträume! - Muss laufen von Pontius zu Pilatus, - was noch steigerte meinen Verdruss! - Man setzte mir eine unkleidsame Elektrodenhaube auf - und maß meinen Gehirnstrom-Schluckauf. - Während man mit Laser-Lichtshow-Reflexen - meinen armen Sehnerv permanent neckte. - Dann musste ich noch die Fäuste ballen, - wollt sie schon denen auf die Mäuler knallen, - welche schuld sind an meiner unnötigen Misere, - was eine wahre Genugtuung & Wohltat für mich wäre. - Buchen Sie dorthin nur mehr solche Leute, - die des Wahnsinns noch nicht kesse Beute! - Putzfrauen, dreckresistente Männer & Junkies auf Methadon - vertragen die unglaublichen Zustände dort sicher schon! - Aber sicher nicht so ein sensibler

Mensch wie ich, - also bitte schicken Sie mich dorthin lieber nicht!

Dieses Verzweiflungsgedicht sandte ich also meinem Berater per Mail, aber wie zu erwarten war, kam keine Reaktion...

Als ich meine Gesundmeldung - also die Abschreibung von meinem Hausarzt - bei der AMS-Servicezone, wo man eine Nummer ziehen muss, abgeben wollte, wurde ich Zeuge als ein Mann fast Amok lief.

Wütend brüllte er eine Beraterin an einem der Schalter an: "WIESO SPERREN SIE MIR A JAHR LANG DES GÖD?"

Mit ruhiger Stimme erklärte ihm die Beraterin: "Weil Sie einen zumutbaren Job abgelehnt haben! Daher mussten wir Ihnen die Notstandshilfe sperren."

Und der Mann giftete sich: "Aber Hauptsach die Haute Volée im Parlament nimmt obe! Alles Verbrecher!!!" Übel schimpfend verließ er das Haus.

Geduldig wartete ich, bis meine Nummer am Bildschirm über mir aufschien und erklärte gleich mein Problem dem Berater am Schalter und wollte, dass der gute Mann dort in meinen

Akt einträgt, mich nicht mehr so schnell in einen Kurs zu schicken.

"Es tut mir leid, aber der Kurs, wo ich als Restplatzverwerterin hingeschickt worden bin, der schadet meiner Gesundheit. Sie können sich nicht vorstellen, was sich dort abspielt, gehen Sie mal undercover dorthin und Sie ersparen sich das Kabarett. Die Räume sind zu klein und zu dreckig und die überschminkte, affektierte Trainerin hat mich so siegessicher angelacht, dass ich geglaubt habe, ich wäre in Geiselhaft! Es war ein Graus."

Mit einem Blick wie der Wasserspeier von Notre-Dame guckte mich der Mensch an und sagte barsch: "Wenn Sie uns nicht zur Verfügung stehen, müssen wir Sie abmelden!"

Das bedeutete natürlich, dass ich sofort die Notstandshilfe verloren hätte, daher entgegnete ich: "Mich brauchen Sie nicht abmelden, denn ich habe brav 18 Jahre voll in dieses marode System eingezahlt! Danach war ich leider nur halbtags tätig oder geringfügig beschäftigt."

Draufhin wiederholte er: "Wenn Sie uns nicht zur Verfügung stehen, müssen wir Sie abmelden!"

"Können Sie wie ein Papagei nur den einen Satz sagen? Wie lange haben Sie denn gebraucht, sich den einzudrillen?", provozierte ich.

"Vorsicht!", mahnte er mit erhobenem Zeigefinger.

Ich wollte ja noch fortfahren: 'Wahrscheinlich haben Sie für den einen Satz Text zu lernen, einen Monat lang tägliche Übung von 8 - 12 Uhr Mitternacht benötigt!'

Doch ich verkniff es mir schweren Herzens, da ich begriff: die legen es drauf an, dass man aus sich herausgeht und ausfällig wird, sodass sie einem die verdiente Versicherungsleistung entziehen können! Traurig! Wie der Esel kommt man sich da vor, dem abwechselnd die Karotte und dann der Prügel gezeigt wird.

"Wenn Ihnen etwas nicht passt, dann können Sie sich ja bei unserer Abteilungsleiterin beschweren."

"Ja, das ist zur Abwechslung mal eine gute Idee!", sagte ich. "Wann krieg ich einen Termin bei ihr?"

"Da muss ich erst anrufen!" Widerwillig hob er den Hörer ab und wählte ihre Nummer, wahrscheinlich die Teufelszahl 666.

Da fiel mir gleich wieder ein Gedicht ein:

Ich stehe hier und warte auf ein wenig
Verständnis, doch ich bekomme nur ein weiteres
Verhängnis. Von einem imbezillen Mann zum
andern muss ich leider durch die Ämter
wandern. Und auch die Frau, die ich bald vor
mir sehe, ist sicher nicht mein Wohl, sondern
mein Wehe!

Das Drachenweib

Nach seinem Anruf musste ich noch zwei
Stunden wie eine arme Sünderin vor ihrer
Bürotür warten, ehe sie mich endlich
gnadenhalber empfing.

Der AMS-Drache - pardon die AMS-
Abteilungsleiterin Frau Büx hatte einen Blick
wie der Baselisk, mich wunderte, wie sie es
schaffte, beim morgendlichen Blick in den
Spiegel nicht zu zerplatzen. Ihr frontal
gegenüber zu sitzen, konnte man schon
gleichsetzen mit in den Schlund der Vorhölle zu
blicken. Dort, wo der Zerberus kauerte, damit
ihm keiner der Verdammten entkommen konnte.
Ich hatte schon Angst die Augengrippe zu
bekommen und versuchte so freundlich wie
möglich zu sein. Ein Lächeln kostete zwar

nichts, außer Überwindung, wenn man aus gutem Grund angefressen ist, wie man in Wien 'überdrüssig sein' zu bezeichnen pflegt.

"I hab zehn Minuten Zeit für Ihna!", keifte sie im breiten Wiener Dialekt schon bei meinem Eintritt in ihr Büro. Ihr ausgemergelter Körper steckte in einem geschmacklosen Versandhaus-Kleid.

"So lange werden wir gar nicht brauchen!", meinte ich da noch zuversichtlich. "Ich komme gleich zur Sache und fasse mich kurz. Diese Sinnloskurse machen mich fix und fertig. Weil dort sind die Leute geschlichtet wie die Sardinen und neben mir saß ein Alkoholiker von dessen Fahne allein ich schon benebelt war. Es ist bei dem Kursanbieter, wo ich war, überfüllt, verstunken, verdreckt und überhaupt nicht zu glauben. Ich hatte in diesem Kurs aufgrund der miesen Bedingungen wie Dreck, Mief und Platzmangel dort einen Nervenzusammenbruch und musste zum Neurologen. Diese Sinnlos-Kurse, in die ich dauernd geschickt werde, halte ich nicht mehr aus."

"Dann gehen'S in Krankenstand!", keifte sie wieder in einem Ton einer Gefängnisaufseherin zu einer sogenannten Chain-Gang.

"Ich hab schon genügend Doktoren reich gemacht. Sparen Sie doch dem Staat das knappe Geld und vor allem die Kurse für Leute auf, die sie wirklich brauchen können. Mein Lebenslauf wurde schon x-mal umgeschrieben, einmal aufsteigend, dann absteigend, weil ja jeder Trainer seine Existenzberechtigung beweisen muss, aber das ändert doch nix am Inhalt und hilft mir kein Stück weiter."

"STOP! STOP! STOP!", forderte sie mich auf und machte eine abwehrende Geste mit beiden Händen, als wollte sie mir ihre sauberen Handflächen präsentieren. "Ich hab die Gesetze nicht gemacht, sondern unsre Regierung!"

"Ja, es hat aber doch geheißen, es wird gespart! Also sparen Sie doch bei den-"

Rüde unterbrach sie mich: "BEI FRAUEN ÜBER 50 WIRD NICHT GESPART!"

"Ja, ich verstehe schon, dass einige Leute am Leid anderer verdienen müssen, aber es geht um meine Gesundheit! Verstehen Sie???"

Offenbar kein Stück, denn sie sagte mit apodiktischer Sicherheit: "Sie werden sicher wieder einen Kurs machen müssen!" Einen Kommandoton hatte die drauf wie ein Dragoner.

"Das wäre so, als würden Sie von einem Rollstuhlfahrer verlangen, dass er die 100 Meter in 2 Sekunden rennt!", versinnbildlichte ich ihr meine miese Situation.

"Übertreiben'S net so schamlos. Oder gehen'S in die Frühpension!", schlug sie desinteressiert gaffend vor.

"Das klappt nur, wenn man Krebs hat und den will ich mir hier nicht anzüchten lassen, damit sich der Staat noch meine Rente ersparen kann!", sagte ich gepresst. "Mich beschleicht der Eindruck, die Kurse dienen nur dazu, arme Sünder in den Krankenstand, in die Depression und möglichst noch in den Selbstmord zu treiben! Ich will den Amtsleiter sprechen!!!"

"Amtsleiter gibt's kan, weil wir sind kein Amt! Wenn Sie schon so lang arbeitslos sind, wird das sicher auch an IHNEN liegen!", bellte mich der bissige Höllen-Köter in Menschengestalt an.

"ICH kann doch nix für die Wirtschaftskrise!", rief ich empört.

"Ja, die Wirtschaftskrise hat viele getroffen!", konstatierte sie mit wegwerfender Handbewegung und trampelte schon zur Tür, die sie mir öffnete, so als wollte sie mich raustreten.

"SIE leider nicht, aber auf SIE kommt auch noch der Tag! Ich wünsch' Ihnen alles Schlechte!", schrie ich schon fast und hustete ihr vor dem Ausgang noch ins verkniffene Gesicht, wobei mir nicht das kleinste Speicheltröpfchen entkam, denn für so eine Megäre ist mir meine Spucke viel zu schade. Ihre blöde erschrockene Visage verschaffte mir zwar eine Sekunde lang Genugtuung, dafür fünf Minuten lang Ärger darüber, dass ich mich von der Frustgurke aus der Reserve habe locken lassen. Die Prüfung meiner psychischen Belastbarkeit hatte ich versaut.

Kurz darauf bekam ich ein Stellenangebot per RSB-Brief, das ich sofort telefonisch zu beantworten hatte, um mich persönlich am nächsten Tag dort vorzustellen. Mir war klar, dass ich in der nun folgenden Nacht wieder einmal mehr einen Albtraum erleben würde. UFF!

Nächtliches Verhängnis

Halb im Land der Träume erwachte ich nachts in meinem Bett, als ich über mir lautes Gepolter vernahm, welches mich sofort zurück in den Wachzustand holte. Wie von der giftigen Tarantel gestochen sprang ich aus dem Bett, zog mir die Hausschlapfen und den Bademantel an, schlang mir noch den Gürtel um die Taille und sagte zu Rudi, meinem Wellensittich: "Das ist die Kreatur über mir. Na warte!!!"

Mit Karacho öffnete ich meine Wohnungstüre, ließ sie offen, sprintete adrenalingeladen über die Stiegen einen Stock höher und klopfte energisch an die Nachbarstüre. "So eine Frechheit."

Nach knapp zwei Minuten öffnete mir der liebe Herr Nachbar, der aussah wie Alfred E. Neumann, die Comicfigur des Satire-Magazins MAD, mit einem Hammer in der Hand die Tür und fragte ganz unschuldig: "Ja, was wollen'S denn?"

"RUHE!", antwortete ich reflexartig und sah entgeistert auf seinen Hammer. "Sie arbeiten in der Nacht??? Es gibt Leute, die nachts schlafen wollen!!!"

"Soweit ich weiß, sind Sie eh arbeitslos! Da können Sie doch auch am Tag schlafen, nicht wahr?", meinte er lockeren Tones und grinste sich noch eins.

"Unverschämtheit! Das geht Sie gar nix an, dass ich arbeitslos bin, ich will nachts schlafen!!! Steht auch in der Hausordnung!! Oder soll ich eine Anzeige machen?"

"Nein, ich bin eh schon fast fertig!", winkte er ab und schloss die Tür.

Erbost ging ich runter und stand vor meiner zugefallenen Wohnungstür, rüttelte erfolglos daran, warf mich ebenfalls erfolglos mit meinem ganzen Übergewicht dagegen und schrie: "AUA! So eine Sch-!!!" In solchen Fällen vergaß ich meine Kinderstube.

Was blieb mir andres übrig, ich ging die Stufen runter aus dem Haus raus und zwickte notdürftig den Gürtel von meinem Bademantel in der Haustür ein, damit ich ohne Schlüssel wenigstens wieder ins Haus zurückkonnte. Mein Ziel war nun die gegenüberliegende Stiege unsres Gemeindebaus, in welcher eine mit mir befreundete Nachbarin wohnte.

Im begrünten Hof des alten Gemeindebaus lagen einige Dosen und Plastikflaschen verstreut herum und Papierfetzen wurden vom Wind herumgeweht, oben am Nachthimmel prangte der Vollmond - fast wie in einem zweitklassigen Horrorfilm. Es fehlte eigentlich nur noch der Jahreszeit entsprechend sowie dem nahenden Halloween-Tag der böse Michael Myers.

Rasch hetzte ich über den verwaisten Hof zur Stiege vis-a-vis, läutete bei meiner Lieblings-Nachbarin, einer pensionierten Beamtin, und säuselte betreten: "Hallo Helene, entschuldige die späte Störung! Hast du schon geschlafen?"

Über die Sprechanlage erklang ihre heisere Stimme: "Nein, ich konsumiere grade den Nachtfilm. Eine lustige Komödie über eine Frau auf Männersuche von einem Schwaben glaub ich, was willst denn, Anni? Brennt es bei euch? Weil deine Nachbarin, die alte Klopek, hat immer eine Kerze neben ihrem Bett stehen. So ein Leichtsinn. Manchmal vergisst sie, die Kerze auszulöschen. Da ist der Dr. Alzheimer schuld dran."

"Nein-nein! Kein Brand! Mir ist dummerweise grad die Wohnungstür zugefallen und ich hab nix zum Aufmachen dabei, kannst du mir bitte ein Messer leihen?"

"Ja sicher, komm nur rauf." Schon verriet ein Summ-Geräusch, dass sie den Türöffner gedrückt hatte.

"Danke!" Schnell schlüpfte ich ins Haus und machte mich auf den Weg zu ihr.

Im Stiegenhaus standen einige Topfpflanzen herum, die den Eindruck eines Palmenhauses vermittelten. Ich stolperte eilig die Stiegen hinauf und nahm ein von Helene gereichtes Messer in Empfang, das über eine 17-cm-Edelstahlklinge verfügte. "Mein Dank wird dir ewig nachschleichen! Ich bin zurzeit sehr schlecht bestrahlt."

"Du Arme! Das Messer brauchst du mir aber erst morgen zurückgeben. Weil ich will den Film jetzt ungestört weitergucken! Kommt eh so selten was Gutes in der alten Kisten!"

Dankend eilte ich wieder mit Messer über den Hof zu meiner Haustür zurück. "Sowas Blödes! Hoffentlich klappt das mit dem Schlachtermesser."

Schnell nahm ich meinen Gürtel wieder an mich und ging ins Haus rein zu meiner Haustür, wo ich die Messerklinge zwischen Tür und Schloss zwängte und so lang herumsäbelte, bis die Tür schließlich doch nachgab und aufsprang. "Puh, Gott-sei-Dank!"

Zufrieden ging ich in die Wohnung rein, schloss die Tür hinter mir und gab das Messer gleich in meine Handtasche hinein, damit ich nicht drauf vergaß! "Und jetzt kann ich sicher wieder stundenlang nicht einschlafen!"

So war es dann auch, ich drehte mich ruhelos im Bett von einer Seite auf die andere, überlegte hin und her, warum gerade ICH so ein Pech hatte, warum ich nicht im englischen Königshaus geboren worden sein konnte, eine monatliche Apanage einheimsen durfte, wo ich in meinem Leben falsch abgebogen sein könnte, wann ich mich von falschen Freunden lieber hätte schleunigst trennen sollen, anstatt sie und ihre Schrullen stoisch zu ertragen, wann endlich wieder gute Zeiten für mich anbrechen würden, wieso ich dauernd mit Problemen konfrontiert wurde, von denen andere gar keine Ahnung hatten, wieso bei mir schwer ging, was andern scheinbar ganz leicht fiel und ob die Esoteriker recht hatten mit ihrer Hypothese, dass wir alle vor der Geburt Geistwesen waren und uns unsere Körper samt zugehöriger Familie selbst ausgesucht haben. - Kurzum, die Nacht dauerte bei diesen Betrachtungen gleich doppelt so lange als sonst üblich und ich erwachte nach gefühlten fünf Minuten traumlosen Dämmerschlafes mit Tränensäcken wie eine Alkoholikerin!

Bewerbungsgespräch

Der Termin zur persönlichen Vorsprache hatte laut meiner telefonischen Vereinbarung am Vortag heute um 11.30 Uhr stattzufinden, doch als ich pünktlich beim Portier Habt-Acht stand, war von der guten Frau nix zu sehen. Der Portier rief sie an und sie ließ mir über ihn mitteilen, dass sie mit mir den Termin doch um Punkt 12 vereinbart hatte. Nein, hatte sie nicht, denn ich litt sicher nicht an Alzheimer oder früher Demenz!!!

Dummerweise hatte ich keinen Anrufbeantworter mitlaufen lassen, um ihr so ihre eigne Stimme und den damit erfolgten um eine halbe Stunde früheren Zeitpunkt vorzuspielen. Schade, daher tat ich so, als wäre es von meiner Seite her ein Missverständnis gewesen und wartete geduldig im Foyer, bis sie endlich anzutanzen gedachte.

Möglicherweise schon der erste Aufnahmetest, fragte ich mich, wollen die wissen, ob ich mich gleich errege und sie mit ihrer Blödheit oder auch Frechheit konfrontiere??? Naja, es handelte sich immerhin um eine Pharma-Firma, ein Geschäftszweig, der mit menschlichen Krankheiten zig Millionen umsetzte. Daher brauchten die auch nicht die hohen Lohnnebenkosten für mich zu fürchten, sondern konnten sie praktisch aus der Portokasse blechen.

Ja, überlegte ich, während ich so wartete, so muss man es machen: an den Fehlern und Schwächen der Menschheit verdienen, um rasant reich zu werden! Doch wie sollte ich das nur anstellen? Ich grübelte und sinnierte, jedoch kam mir keine Erleuchtung.

Die Zeit verging also doch noch und sie kam tatsächlich Punkt 12, wahrscheinlich gesättigt aus der Werksküche, daher und sah aus wie ein Model aus dem Klingel-Katalog, für den ich auch im Callcenter mal telefoniert hatte - Mode für die Dame in ihren mittleren Lebensjahren.

Dabei zuckte eine Assoziation durch mein Hirn: als ich für Klingel nämlich einen Professor anrufen musste, von dem ich annahm, der bestellt sich höchstens ein Paar Handschuhe, erklärte er mir jedoch: "Ich gebe Ihnen die Nummer meiner Tochter, die kann sich bestellen, was sie will und die Rechnung schicken Sie an mich!"

Das Fräulein Tochter bestellte sich dann eine Liste von Waren im Wert von 1.769 Euro und 59 Cent, darunter ein Ledermantel Größe 42/44, auf den ich auch gespitzt und mir nicht leisten habe können. Wau, dachte ich damals desillusioniert, warum kann ich nicht die Tochter vom Professor sein???

Doch zurück zu der Dame aus dem Personalbüro der Pharma-Firma, für die ich hier keine Werbung machen will. Sie streckte mir die perfekt manikürte rechte Hand zum Gruß entgegen.

"Herzlich willkommen in unserer Firma, verwenden Sie auch unsere Produkte?"

"Oh ja, ich habe mir einige selbst gekauft, da die Krankenkasse leider nicht alles, was gesund ist, auch bezahlt." Herzlich schüttelte ich ihr die Pfote und lächelte dabei so gewinnend wie mir noch möglich.

"Sehr schön!", flötete sie und geleitete mich in einen pompösen Sitzungssaal, wo ich mir an einem runden Tisch mit circa 50 Sesseln klein und unbedeutend vorkam. Wenn ich es nicht besser gewusst hätte, würde ich behaupten, sie wollte mich damit beeindrucken. Alles hochmodern und pipi-fein, an der Wand hing ein echter Hundertwasser (oder doch nur ein Hauptschüler, der gern bunte Spiralen malte?).

Geziert überschlug sie die Beine, die unter einem blauen Geschäftskostüm hervorlugten, ihre am Kragen offene lila (Lila ist übrigens die Farbe der Macht) Hemdbluse offenbarte eine schwere Goldkette, die sie fast wie einen US-Rapper wirken ließ. Viel Bling-Bling, aber kein Wunder, bei ihrem Verdienst. Sicher logierte sie in einem Loft mit Dachterrasse. Wenig interessiert blätterte sie meine mitgebrachte Bewerbungsmappe durch und atmete tief durch. Scheinbar war ihr dieses Gespräch nur eine lästige Pflicht und ich ein Störenfried, der ihr den Arbeitstag nur unnötig erschwerte.

"Ja, man wird auch nicht jünger!", machte sie eine unnötige Anspielung auf mein Alter.

"Ja, zum Glück gilt das für uns alle!", gab ich frech grinsend zurück. "Ich erinnere mich, dass Reagan, bei seiner Bewerbung zum Ami-Präsidenten seinem Konkurrenten, der ihm sein Alter vorhielt, triumphierend sagte: 'Keine Angst, ich werde Ihnen Ihre Unerfahrenheit nicht zum Vorwurf machen!' Hihi!"

"Meine Zeit ist zu kostbar, um sie mit uralten Anekdoten zu füllen", meinte sie schnippisch.

"Dabei hätten Sie sicher einige zu erzählen, nicht wahr?", provozierte ich, da ich ihre überlegene Art nicht mochte, ja geradezu verabscheute.

"Was wir keinesfalls brauchen können, sind Leute wie z.B. Umweltschutzaktivisten und sonstige Querulanten", kam sie gleich auf den Punkt. "Wir suchen Leute mit Hands-on-Mentalität und Soft Skills wie z.B. vernetztes Denken."

"Ich habe Soft Kills-äh Skills wie z. B. Flexibilität, Empathie, Anpassungsfähigkeit, -"

"Jaja", unterbrach sie mich ungeduldig. Ihrer Miene nach schien sie schon zu überlegen wie sie mich abwimmeln konnte.

Um das Gespräch abzukürzen, kam ich zum neuralgischen Punkt der Entlohnung, wobei ich mich absichtlich höher einschätzte, damit sie mich gleich ablehnen konnte, denn den Job bekam ich erstens nicht, und zweitens wollte ich mit so einer unzuverlässigen Person, die eine halbe Stunde zu spät erschien und mir noch vom Portier einreden lassen wollte, ich hätte am Telefon falsch verstanden, nie und nimmer zusammenarbeiten. Man stelle sich vor, die erklärt mir, ich müsse einen hohen Betrag der Firma auf ihr Privat-Konto überweisen und sagt dem Wirtschaftsprüfer dann, das hätte ich aus eigenem Antrieb getan, nein danke!!!

"Als Salär schweben mir pro Monat 2.000 Euro netto vor."

Konsterniert hob sie eine schön gewaxte Augenbraue und zischte: "Wir zahlen höchstens 1.700 brutto. Aber es ist natürlich verhandelbar, Sie hören dann schriftlich von uns!"

Das kannte ich schon: Rufen Sie uns nicht an, wir Sie auch nicht! Wenn ich noch dran dachte, dass ich nun morgen noch dem AMS Rede und Antwort stehen musste, verging mir vollends der Appetit.

Allerdings würgte ich dann zwei Stunden später doch noch eine Leberkäs-Semmel mit Senf runter. Gefolgt von einem Vanillepudding mit aufgetauten Himbeeren und einer großen Portion Schlagobers als Dessert. Denn es sagt schon Leo Prasser: Ein Dinner ohne Nachspeise ist wie ein Fisch ohne Wasser!

Zündende Ideen

Wieder einmal stand für mich ein Canossagang zum Arbeitsmarktservice, zu meinem AMS-Onkel an und ich erkannte traurig: Mein Leben spielte sich momentan hauptsächlich zwischen AMS und Altersheim ab. Und es war nur eine Frage der Zeit, bis ich auch im Altersheim landete...

"Mir ist, als wäre es erst gestern gewesen, dass ich vor Ihnen saß", begrüßte ich also meinen AMS-Berater Herrn Aschauer, obwohl von Rat bei dem wohl keine Rede sein konnte. "Kurzum, meine gestrige Vorsprache in dem Pharma-Betrieb verlief im Sande oder auch in der Lauge, wie Sie wollen."

"Tja, Frau Millöcker, das ist halt net so einfach mit dem Alter, das Sie erreicht haben", stellte er fest, während er unverwandt in seinen Computer starrte.

"Entschuldigen Sie bitte, dass ich nicht schon verstorben bin."

"Haha, naja, wenigstens haben Sie noch Ihren Humor, wenn Sie schon sonst nix haben", meinte er, wobei mich wunderte, wie genau der über meine finanzielle Situation bescheid wusste.

"Ich kann nix dafür, wenn unsere Herren Politiker nicht endlich die Lohnnebenkosten heruntersetzen und auch älteren Arbeitnehmern so wieder mehr Chancen geben." Irgendwie kam mir der Text bekannt vor, konnte aber auch dran liegen, dass ich den letztes Mal schon abgesondert hatte.

"Jaja. Also, was mach ma da am besten, hm-hm-hm???"

"Das wollte ich eigentlich von Ihnen wissen." Der wurde vom Staat für die Beratung bezahlt und schien noch ratloser als ich zu sein.

"Wieder einen Kurs würd' ich vorschlagen."

"NEIN! Das nützt doch nix, da verdienen nur wieder die Günstlinge des Systems an mir. Das habe ich auch schon der Frau Abteilungsleiterin in ihr liiebes Gesichtchen gesagt."

"Ja, irgendeiner verdient immer am Elend der anderen." Geschäftig druckte er ein Formular aus und reichte es mir. "So, da ist jetzt ein

Coaching für Sie, da müssen Sie nur einmal in drei Wochen eine Stunde hingehen und werden fachgerecht beraten. Auf Wiedersehen!"

"Danke! Haben Sie keine Stellenangebote für mich?"

"Nein!"

"Haben Sie sonst einen brauchbaren Rat für mich? Vielleicht einen echt nützlichen Rat? Sie sind ja schließlich mein Berater."

Nach kurzer Überlegung sagte er: "Ich hab mal in einer Wirtschaftszeitschrift gelesen, dass laut einer Studie Frauen mit Doppelnamen eher einen Job kriegen und auch eher befördert werden, auch bei Minderqualifikation! Also schauen Sie, dass Sie einen Doppelnamen kriegen!"

"Wer heiratet schon eine Arbeitslose?", fragte ich eher mich selbst, faltete das Formular, steckte es ein und ging zur Tür.

Herr Aschauer zuckte die Schultern: "Das weiß ich nicht! Aber versuchen können Sie es doch auf alle Fälle! Soo schlecht schauen Sie ja auch wieder nicht aus."

"Danke sehr!" Trotz dem holprigen Kompliment schlich ich deprimiert davon und setzte mich in der Servicezone vor dem Ausgang an einen der noch freien Computer, um meine

Mails zu checken, die leider nur aus Spam bestanden.

Links neben mir saß ein Herr, der seinen Lebenslauf schrieb und dabei nicht einmal den Tabulator zum Einsatz brachte, scheinbar hatte ihm den noch keiner im Kurs gezeigt, oder aber der glückliche Mann hatte noch nie einen Kurs belegen müssen. Auf dem Foto sah er aus wie Louis de Funes beim Grimassenschneiden. Ich überlegte kurz, ob ich ihm behilflich sein sollte, beschloss aber, mich lieber nur um meine eigenen Angelegenheiten zu kümmern. Denn wer schon so viele Probleme wie ich hatte, der konnte sich wahrlich nicht auch noch um jene der anderen kümmern.

Rechts neben mir saß eine Dame, die offenbar ein privates Mail schrieb, denn sie hatte erstens einen Account namens Klee4711, was für eine Bewerbung keine passende Absende-Adresse darstellte, und schrieb zweitens etwas von Hunden, mit denen sie schon seit ihrer Kindheit zu tun hatte. Dann guckte ich unauffällig genauer hin und erkannte: Die gute Frau bewarb sich als Hundesitterin und verlangte dafür 16 Euro die Stunde.

Super, dachte ich mir, fürs entspannende Hunde-äußerln-Führen noch Geld zu kassieren ist gar kein so schlechter Job, wenn ich da an meine bisherigen Bürojobs oder Stellen im Callcenter dachte... An all die Hektik, den Druck Quote zu machen und so weiter, nein.

Naja, also weiter schön Bewerbungsbriefe schreiben. Immerhin konnte ich mich rühmen in Punkto kreativer Korrespondenz immer Ideen im Oberstübchen auf Lager zu haben. Ein Glück nur, dass eMails kein Porto beanspruchen, sonst wäre ich schon lang pleite.

Bewerbungsbriefe zu schreiben gehörte immer noch zu meinen liebsten Beschäftigungen, da konnte man sich so schön selbst verwirklichen, auch wenn der Text, den man in diversen Kursen gelernt hat, einfach zu banal war: Sehr geehrte Frau Pschistera, da ich ein sehr kommunikativer Mensch bin, hat mich Ihr Stellenangebot für eine Empfangsdame sofort angesprochen.

Als gelernte Bürokauffrau mit langjähriger Praxis und versiert in MS-Office, entspricht die angegebene Stellung genau meinen Stärken. Blablabla... Eine interessante Aufgabe wie Sie sie anbieten, möchte ich gerne übernehmen und freue mich, meine Erfahrung in Ihr Unternehmen einbringen zu dürfen.

Pfff, also wäre ich eine Personalchefin, dann würde ich so einen stinkfaden Brief sofort in der Rundablage, respektive dem Mistkübel, entsorgen. Man musste doch mit aller Gewalt auffallen und sich mit zündenden Briefen ins Gedächtnis des Lesers bohren. In einem dieser AMS-Kurse bekamen wir den Auftrag, einen Brief zu schreiben, mit dem man sicher keine Stelle bekommen würde - eine Anti-Bewerbung sozusagen und die fiel bei mir so aus: Sehr geehrter Herr Magister Schumpeter,

da Sie in Ihrem schön gestalteten Inserat eine Sekretärin oder eine Assistentin suchen, welche über ausgezeichnete MS-Office-Kenntnisse und abgeschlossene kfm. Ausbildung verfügt, fühlte ich mich sofort positiv angesprochen. Auch mein Englisch ist kommunikationssicher, da ich immer die BBC-Sitcoms watche. Vor allem aber freue ich mich irrsinnig auf das angekündigte Brutto-Mindestgehalt von 1.700 Euro, denn ich darbe derzeit am Existenzminimum von lumpigen 856 Komma ein paar Zerquetschten. Mich brauchen Sie gar nicht überzahlen, denn ich arbeite so gern, dass jeder mit mir befreundet sein will. Wie Sie unschwer lesen können, verfüge ich auch über ein gerüttelt Maß an

Humor, mit dem ich Ihre bereits vorhandene Belegschaft wunderbar erfreuen und zudem noch schwierige Kunden ausschalten kann. Auch die von Ihnen gewünschte sympathische Ausstrahlung besitze ich und besteche durch das von Ihnen ebenfalls geforderte hohe Maß an Dynamik & Flexibilität und kann mit Stress nicht gut umgehen, sondern sogar ausgezeichnet. Meine Verschwiegenheit ist mit der einer Auster gleich zu setzen. Kurzum ich bin Ihre Wunschkandidatin! Da brauchen Sie gar nicht mehr weitersuchen.

Auf eine innige Zusammenarbeit mit Ihnen freut sich sehr herzlich Ihre Anni Millöcker

Und was soll ich sagen, der Kurs-Trainer zeigte sich ob meiner Formulierungsgewalt derart begeistert, dass er meinte, er würde sich als Personalchef diese Person jedenfalls zu einem persönlichen Gespräch einladen.

Tja, und nun sollte ich mit den 08/15-Texten Furore machen? Außerdem fand ich Bürojobs mittlerweile langweilig, daher bewarb ich mich auch anderweitig, z.B. als tüchtige Laborassistentin, denn was hatte eine solche schon groß zu tun? Doch eh nur das, was ihr der

Herr Dr. im Labor auftrug. Dazu brauchte man doch weder ein Medizin- geschweige denn ein Pharmaziestudium. Das vertraute mir mal eine Freundin an, die in dem Pharmabetrieb, wo sie als Assistentin diente, vor allem die Ratten und den Doktor füttern musste, wofür sie laut eigenen Angaben Null Ausbildung gebraucht hätte. Daher schrieb ich also einen meiner Meinung nach zündenden Text:

An Herrn Dr. Borwin Brodl - Laboratorium Döbling Sehr geehrter Herr Doktor Brodl,

dem Jobanzeiger entnahm ich mit großer Freude, dass Sie eine tüchtige Forschungs-Assistentin für Ihr Laboratorium suchen.

Das ist eine krisensichere Branche, die mich sehr anspricht. Schon als Kind forschte ich an meinem Meerschweinchen, wie es auf kleine Stromstöße aus der Autobatterie meines Vaters reagiert.

In der Handelsschule, die ich auf Wunsch meiner Mutter besuchen musste, habe ich mich gelangweilt, weil meine Lieblingsfächer Physik & Chemie nicht im Lehrplan dabei waren. Daher besorgte ich mir auf eigene Faust die entsprechende Fachliteratur sowie einen Chemiebaukasten für Anfänger.

Ich wäre Ihnen bestimmt eine große Hilfe. Meine angeborene Neugier verleitete mich schon immer dazu, mit viel Initiative alles Mögliche zu erforschen.

Mein Engagement und meine in Eigeninitiative erworbenen Kenntnisse in Ihrer Forschungsabteilung einbringen zu können, sehe ich als spannende Herausforderung an.

Mit forschen Grüßen

Wie habe ich mir diesen Job gewünscht. In meinen Tagträumen sah ich mich schon bei der Entgegennahme des Nobelpreises in Stockholm. Sogar die entsprechende Dankesrede hatte ich zu dem Zeitpunkt schon vorbereitet:

Ich danke der salomonischen Jury für ihre weise Wahl und grüße meine Großmutter und sonstige noch lebenden Verwandten, Bekannten und meine Freundinnen, die aufzuzählen hier zu lange wäre. Der Preis ist mir Ansporn für weitere Arbeit und Verdienste um die Zukunft der Forschung, blablabla-hihi - Doch die Fantastereien brachten nix und ich - nicht faul - versuchte es sofort weiter und bewarb mich also wieder mal als Bürokraft:

An die Bonzo Futtermittel-Vertriebs-GmbH
Sehr geehrter Herr Bonzo,
mit großer Freude las ich in der heutigen
Zeitung, dass Sie eine Bürokraft suchen. Ich
hatte selber in meiner frühen Jugend immer
diverse Haustiere.

Ein Meerschweinchen namens Gucki, einen
Kanarienvogel namens Karli und einen
Kampfhund namens Kunibert. Der war mir das
liebste Familienmitglied, bevor er wegen
Altersschwäche eingeschläfert werden musste.

Gern würde ich in einer Firma arbeiten, deren
Produkte jeder tierliebe Mensch benötigt. Da ich
das für eine krisensichere Branche halte, spricht
mich das Anforderungsprofil natürlich
besonders an.

Nach dem Abschluss der Handelsschule
kultivierte ich meine Englisch-Kenntnisse und
Deutsch war natürlich immer eine Stärke von
mir sowie die erforderlichen PC-Kenntnisse.

Und gäbe es ein Schulfach 'Tierliebe', hätte
ich darin eine römische Eins bekommen. Zuletzt
fühlte ich mich in einem Callcenter unterfordert
und auch unterbezahlt.

Aufgrund meiner Fähigkeiten kann ich mich
konstruktiv in Ihr Team einbringen. Mein
Engagement in einem dynamischen

Unternehmen einzusetzen, sehe ich als neue motivierende Herausforderung. Wenn ich bei Ihnen genügend verdiene, werde ich mir zu meinem aktuellen Haustier, dem Wellensittich Rudi, wieder einen Hund zulegen.

Mit tierlieben Grüßen

Dann der nächste Versuch in Sachen Anlauf zum Job bei einem Betrieb, den ich noch von früher kannte:

An Herrn Alois Meissel - Grabsteine Simmering

Sehr geehrter Herr Meissel,

dem Jobportal entnahm ich, dass Sie eine Sekretärin für ihren Betrieb speziell punkto Mahnwesen suchen.

Das ist eine krisensichere Branche, denn gestorben wird schließlich immer.

Ich will Sie gar nicht mit meinen schulischen Erfolgen in der Handelsschule und meiner Tätigkeit in einem Callcenter langweilen, sondern gleich auf unsere persönliche Geschäftsbeziehung vor etlichen Jahren hinweisen.

Sie erinnern sich sicher, dass ich einen Grabstein für meinen Vati bestellt habe. Ja, Sie bewunderten bei der Gelegenheit noch mein lyrisches Talent, als ich Ihnen stolz den Text

meines selbstverfassten Gedichtes diktierte: Als
er starb, ging am Himmel ein neuer Stern auf
und steht dort mit meinem Namen drauf! Ich
liebe Dich auf immerdar, mein geliebter
Überpapa!

Im Gegenzug bewunderte ich Ihre
hervorragende Arbeit bei der Umsetzung meiner
schriftstellerischen Begabung und versichere
Ihnen, Ihre Mahnbriefe an die Hinterbliebenen
werde ich ebenso gewählt formulieren, wenn Sie
mir die Chance bieten, meine Arbeitskraft in
Ihren florierenden Betrieb einbringen zu dürfen.

Mit letztem Gruß

- nein, das änderte ich in: mit pietätvollem
Gruß

Dann ein weiterer Bewerbungsbrief an zwei
Rechtsverdreher:

REA Kraus & Kraus - zu Hdn.Fr.
Mittelsmann

Sehr geehrte Frau Mittelsmann,
mit großer Freude fiel mir in der aktuellen
Zeitung ein Inserat auf, in welchem Sie eine
Rechtsanwaltsgehilfin für die ehrenwerten
Rechtsanwälte Kraus & Kraus suchen.

Da ich diese Branche für krisensicher halte,
spricht mich das Profil natürlich besonders an.

Denn es wird immer streitsüchtige Personen geben, die auf Teufel komm raus prozessieren wollen. Ich habe einmal ganz ohne Anwalt geschafft, dass ein lauter Nachbar delogiert wurde, indem ich Unterschriften gegen ihn sammelte.

Nach dem Abschluss der Handelsschule perfektionierte ich meine Englisch-Kenntnisse und las das Allgemein Bürgerliche Gesetzbuch, um juristisch auf dem neuesten Stand zu sein.

Deutsch war immer mein Lieblingsfach und gäbe es ein Schulfach 'Gerechtigkeit', dann hätte ich darin einen Römischen Einser bekommen.

Zuletzt fühlte ich mich in einem Callcenter total unterfordert und finanziell ausgenutzt und erwog schon eine Klage deswegen.

Meine Fähigkeiten in Ihr konstruktives Anwaltsteam einbringen zu dürfen, sehe ich als neue motivierende Herausforderung an.

Mit advokaten Grüßen

(Möge die Gerechtigkeit siegen!)

Nein, den Zusatz in Klammern löschte ich dann doch wieder.

Nach diesem schon viel besser ausformulierten Brief wartete ich zuversichtlich auf eine positive Antwort. Hier noch der Brief von mir an ein Beerdigungsinstitut:

Ruhe Sanft - Bestattung nach Wunsch
Sehr geehrte Pompfüneberer,
mit großer Anteilnahme las ich Ihr Inserat in der Krone und bewerbe mich noch voller Vitalität für die Stelle als Empfangssekretärin.

Das ist eine krisensichere Branche, denn gestorben wird ja immer. Ich selbst hatte schon in jungen Jahren einige Todesfälle in meiner Familie zu beklagen. Mein Vater und mein Großvater sind bereits in die Ewigkeit eingegangen. Deshalb weiß ich ganz genau, wie man mit Leuten umgehen muss, denen ein lieber Angehöriger verstorben ist.

Nach erfolgreichem Abschluss der Handelsschule optimierte ich mein Englisch, Deutsch ist mein Lieblingsfach und gäbe es ein Schulfach 'Kondolieren' dann hätte ich darin einen Römischen Einser im Zeugnis.

Zuletzt brachte ich meine konstruktiven Fähigkeiten in einem Callcenter ein, das mich allerdings gering dafür entlohnte. Dank AMS-Kurs verfüge ich nun auch über Soft Skills wie das Überleben in der Wüste nach einem Flugzeugabsturz.

Meine Pietät in einem dynamischen Unternehmen einbringen zu können, sehe ich als neue motivierende Herausforderung an.

(Anstatt der Bezahlung nehme ich auch gerne Erbschaften von Leuten an, die ohne Verwandte gestorben sind.)

Mit sanftmütigen Grüßen

Den Zusatz in Klammern löschte ich lieber wieder weg. In manchen Branchen ist Humor einfach fehl am Platze. Man stelle sich einen heiteren Leichendiener vor - inakzeptabel!

Da ich schon so schön in Fahrt war, bewarb ich mich auch noch in einem Büro für Landschaftsplanung mit Schwerpunkt Ökologie, vulgo einer Gärtnerei:

Sehr geehrter Herr Roderer,

für Landschaftsgärtnerei und Ökologie interessierte ich mich bereits als Kind. Damals durfte ich einer Schulkollegin im Garten ihrer Uroma beim Unkrautjäten behilflich sein und stellte mich sehr geschickt an. Für meine Mühe erhielt ich immer eine Tafel Schweizer Schokolade.

AutoCAD und GIS sind mir zwar nicht geläufig, doch konnte ich die Erfahrung machen, dass ich mir Sachinhalte überaus leicht aneignen kann. Und wer sich jahrzehntelang gegen renitente Kunden durchsetzen konnte, die dachten, ich sei schuld, dass sie so lange auf die Erledigung ihrer Anliegen warten mussten, und aggressive Kollegen, die sofort mauerten, wenn ich sie zu schnellerem Handeln aufforderte, sowie einen diktatorischen Chef behaupten konnte, der ist auch stressresistent.

Mein technisches Verständnis reichte für die Absolvierung der Führerscheinprüfung im ersten Anlauf, sowie zum Programmieren des Videorecorders, den viele junge Arbeitnehmerinnen gar nicht mehr kennen.

Auf ein persönliches Gespräch, in welchem ich noch mehr ins Detail gehen kann,

freut sich Ihre Anni Millöcker

Na, wenn das keinen Treffer bringt, dann gar nix, dachte ich.

Bisher erhielt ich lauter Absagen und/oder keine Antworten, die bekanntlich auch (negative) Antworten sind. Mit diesen kreativen Briefen erhoffte ich mir mehr, allerdings nicht so schnell. Letztendlich sah ich ein, dass schon der alte Napoleon recht hatte, als er sagte: 'Der sicherste Weg ein armer Mensch zu bleiben, ist ehrliche Arbeit.'

Apropos Arbeit, da fiel mir ein, dass ich ja einer renommierten Marketingfirma in Linsengericht, einem Ort in Deutschland, geschrieben hatte, die eine tüchtige Allround-Kraft für lohnendes Gehalt suchte und dabei auch eine Wohnmöglichkeit in Aussicht gestellt hatte.

Als Antwort erhielt ich einen 13-Punkte-Katalog, in welchem zu lesen stand: Vielen Dank für die Zusage, an unserem Projekt teilzunehmen. Punkt 1, Sie erklären sich bereit, für unser Unternehmen 40 Stunden pro Woche die höchste Leistung zu erbringen. Punkt 2, Sie verfügen über Abitur mit einem Notendurchschnitt von mindestens 1,4. Punkt 3, Sie bringen zur Ausstattung der Wohnung, die wir Ihnen zur Verfügung stellen, Ihren eigenen Hausrat mit. Punkt 4, Sie verfügen idealerweise über einen eigenen PKW mit großem Laderaum, ansonsten stellen wir Ihnen einen gegen eine Leihgebühr zur Verfügung. Punkt 5, Sie erklären sich bereit, während Ihrer Arbeitszeit in repräsentabler Kleidung aufzutreten und stets tadellos geschminkt und frisiert zu sein. Punkt 6, Sie erklären sich bereit, während Ihrer Tätigkeit bei uns auf private Beziehungen welcher Art auch immer zu verzichten. Punkt 7, Sie verfügen über genügend Eigenkapital, unsere Produkte von uns zu kaufen, ehe Sie diese an Ihre Kunden mit hoher Gewinnspanne weiterverkaufen dürfen. Punkt 8, Sie sind ein durch und durch positiv denkender Mensch, der sich von kleinen Widrigkeiten nicht aufhalten lässt. Punkt 9, Sie haben weder Haustiere noch Kleinkinder, für die Sie sorgepflichtig sind. Punkt 10, Sie zögern nicht, falls ein Kollege oder eine Kollegin ausfällt, sofort für diese(n) helfend einzuspringen. Punkt 11, Sie nehmen etwaige Reparaturen in Ihrer von uns zur Verfügung gestellten Unterkunft auf eigene Rechnung vor. Punkt 12, Sie verpflichten sich, uns für mindestens 24 Monate ohne Urlaub zur vollen Verfügung zu stehen. Punkt 13, Sie erklären sich selbstverständlich zur vollen Verschwiegenheit betreffs Ihres Auftrages und Ihrer Kunden bereit.

Bei einigen Punkten gäbe es ja meiner Meinung nach noch Diskussionsbedarf, doch davon sah ich gnädig ab und ließ das Offert an mich einfach unbeantwortet. Doch nun juckte es mich stark in den Gicht-Fingern, den Ausbeutern doch noch eine passende Antwort zu schreiben, des Inhalts:

Werte Damen und Herren, es tut mir unendlich leid, bei Ihren überhöhten Ansprüchen kann ich Ihr großzügig offeriertes Super-Projekt nur stornieren! Es richtet sich idealerweise an Personen, die erstens zu vertrauensselig und zweitens bezüglich Arbeitnehmerrechten gänzlich unbedarft sind. Ich verfüge glücklicherweise über ein funktionierendes Gehirn und außerdem verbietet mir mein Aberglaube ein 13-Punkte-Programm zu akzeptieren! Teilen Sie mir bitte - kundenfreundlich wie Sie sind (lol) - mit, wie Sie das Storno entgegenzunehmen bevorzugen: mit diesem Mail, fernmündlich in Gedichtform, per parfümiertem Einschreibebrief mit goldenen Lettern, per reitendem Boten auf dem weißen Pferde, per Brieftaube, die einen Palmzweig im Schnabel trägt, per Flaschenpost in einer Nebukadnezar oder soll ich gar persönlich in Ihr Kaff kommen und, wenn ja, wie? Per ICE-Zug, per Lear-Jet, per Pedes à la Heinrich IV. beim Canossagang oder im geleasten Maserati auf Ihre Kosten???

So, nach getaner Arbeit fühlte ich mich irgendwie erleichtert. Es fiel die Last des An-der-Nase-Rumgeführt-worden-seins von mir ab.

Lustig, was in meinem Horoskop in der Tageszeitung stand: Sie durchschreiten gerade ein Tal der Tränen, aber seien Sie versichert, in nicht allzu langer Zeit werden Sie wieder Licht am Ende des langen Tunnels sehen.

Jaja, dachte ich in einem Anfall von Sarkasmus, das Licht am Ende des Tunnels kann nur der entgegenkommende Zug sein. Apropos Zug: Ein Blick auf meinen Kalender machte mir klar: ein neuerlicher Besuch bei meiner Oma in Lainz wollte abgestattet werden. Also würde ich wohl morgen wieder mit dem 62er nach Lainz gondeln müssen. Halleluja!

Oma ist auf Draht

"Hat du schon gelesen, Oma? In England haben sich elf alte Damen im Milton Care Lodge-Altersheim in Essex eine Nackt-Butler-Truppe engagiert. Das wär doch auch was für dich?", scherzte ich.

"Geh, ICH bin doch auf alte Ärsche und schrumpelige Würschtel nix neugierig!"

"OMA!"

"Was macht der Witwer?", erkundigte sie sich neugierig, als wir wie üblich im Aufenthaltsraum zusammenhockten. Sie trug ein cremefarbenes Häkelkleid und sah darin wie eine pensionierte Handarbeitslehrerin aus. Wenn auch ihr Jargon manchmal nicht dazu passte.

"Ist wahrscheinlich schon tot!", sagte ich knapp, denn ich wollte nicht zugeben, dass er ein Gauner war. "Weil geschrieben hat er mir nicht."

"Ich hab auch mal mit einigen Herrn korrespondiert!", erzählte sie nun freimütig.

"Echt? Warum hast du mir das nicht schon früher mitgeteilt?"

"Weil das kein Ruhmesblatt in meiner Vita ist", meinte sie mit gerümpfter Nase. "Und dann die Treffen. Ich bin immer vorher zum Friseur gegangen und die sind dahergekommen wie die letzten Sandler. Dabei war keiner obdachlos, sondern alle nach ihren Angaben Hausbesitzer. In Wirklichkeit wohl eher Hausbesetzer! Der eine Anwärter hat eine halbe Stunde über einen eitrigen Zehennagel gejammert, der andre hat mir Fotos von seinen Terrarien mit Skorpionen und ähnlichem Ungeziefer gezeigt, der dritte hat in den höchsten Tönen von seiner geschiedenen Frau und deren Beweglichkeit beim Sex erzählt, der vierte hat mir gleich vorschreiben wollen, was ich anziehen soll, der fünfte hat von mir erwartet, dass ich meine Konsumation im

Gasthaus, wo wir uns getroffen haben, selber zahle, und so weiter und so fort. Alles Nieten!" Man konnte ihr noch deutlich den Frust aus dieser unangenehmen Erfahrung am Gesicht ablesen, denn es bildeten sich gleich eine Menge Zusatzfalten.

"Da staune ich aber!"

"Gell? Aber das heißt ja nicht, dass es dir ebenso ergehen muss, der Schweizer kann sich durchaus noch bei dir melden, wenn ihm all die andern Weiber nicht zusagen."

"Glaubst?"

"Na klar, wenn er sich alphabetisch durcharbeitet, dann braucht er eine Weile, bis er zum M wie Millöcker kommt", beruhigte sie mich. "Aber mach dir keine zu großen Hoffnungen, denn die Konkurrenz ist groß, vor allem bei Hausbesitzern."

"Wenn er allerdings nach den Vornamen geht, dann müsste ich schon ein Schreiben in Händen halten, denn Anni kommt sicher als Erstes! Hättest du noch einmal geheiratet, wenn dir einer von den Kandidaten konveniert hätte?"

"Ja sicher hätte ich nochmal geheiratet. Aber nur den Aga Khan!"

"Dein Humor ist erfrischend, Oma."

"Ich weiß. Und was macht die Arbeitssuche?"

"Frag mich nicht, Oma, du hast es gut, dass du den Berufsalltag und vor allem die Arbeitssuche schon hinter dir hast", machte ich ihr klar. "Die Leute vom AMS quälen mich und vor allem die Abteilungsleiterin namens Büx, wahrscheinlich von der Büchse der Pandora entschlüpft, die das Böse in die Welt entlassen hat, gibt mir noch die Schuld an meiner Situation. Was sagt man dazu?"

"Was soll ich dazu sagen? Höchstens, dass du dir den falschen Beruf ausgesucht hast."

"Ja, Schauspielerin konnte ich ja nicht werden, da ist man auch viel zu sehr auf andre Leute angewiesen. Das geht schon beim Agenten los und setzt sich beim diffizilen Casting mit hunderten Konkurrentinnen fort, dann geht es weiter bei den strengen Regisseuren, den halboriginellen Drehbuchschreiberlingen, den aufgeplusterten Filmpartnern, der Maskenbildnerin, der Kostümbildnerin-"

"Jahaha!", lachte sie laut auf. "Da fällt mir die Kostümbildnerin von dem Jedermann-Spektakel in Salzburg ein. Die hat voriges Jahr der Buhlschaft-Darstellerin ein schweinchenrosa Kleid verpasst, in dem die Arme ausgesehen hat wie Schweinchen Dick, hahahaaa!"

"Du bist unbarmherzig, Oma!", schalt ich sie.

"Nahahaa, ich stell mir grad dich in so einem Schweine-Dress vor, hahaha!" Tränen liefen ihr beim Lachen übers Gesicht.

"Das ist schön, dass du so herzlich lachen kannst, mir ist es nämlich gründlich vergangen. Morgen muss ich nämlich anstatt in einen Kurs zu einem Coaching gehen."

"Was is'n das?", fragte sie nun wieder völlig ernst.

"Das ist wieder nur ein sinnloser Versuch für mich eine Stelle zu finden, aber für diese Coaching-Frau eine sichere und vor allem einfache Einnahmequelle."

"Du musst einmal versuchen, an den Schwächen des Systems was zu verdienen, dann bist bald reich", meinte sie.

"Das hab ich mir auch schon gedacht, aber das kann ich halt nicht!", gab ich kopfschüttelnd zu.

"Na, versuch es wenigstens!" Sie musste immer das letzte Wort haben.

Coaching extrem

In einem kleinen Büro saß ich also einer sehr jungen bebrillten Frau gegenüber, die sich meine Unterlagen anguckte wie ein Doktor den Befund einer Todkranken. Diese Figur, die mir da gegenübersaß, ließ mich am Sinn des Coachings zweifeln, nicht, weil sie so blutjung war - sie sah aus wie ein verhungerter, magersüchtiger Teenager -, sondern weil sie mir sofort all ihre Inkompetenz zeigte. Freundlich zwar, doch stupide genug, um Anweisungen willenlos auszuführen. So auch die Anweisung, mir einen Job zu verschaffen. Dieser bebrillte Ömmes schien an grenzenloser Selbstüberschätzung zu leiden und trug auf einem Namensschild den Doppelnamen Grissbruck-Doblhofer. Und über Doppelnamen-Tanten hatte ich ja schon mal nix Gutes gehört.

Oh Graus, dachte ich daher eingedenk der betreffenden Studie, ein Doppelname und so ein Pupperl soll mich coachen, wo die doch selbst kaum eine Ahnung vom Tuten & Blasen haben konnte, denn die Frau wirkte zudem noch total unfähig mit ihren fahrigen Bewegungen.

Kein Wunder, denn bei magersüchtigen Leuten schrumpft ja auch das Gehirn, was sich negativ auf die Denkleistung plus Koordinationsfähigkeit auswirkt.

Das träume ich doch alles nur, rief ich mir in Erinnerung, die ich mich noch immer schlummernd im Bette wähnte, ich muss aufwachen, aufwaaachennn!!!! Doch nichts! Ich saß noch immer vor der saublöden Pute und zeigte mich paralysiert.

"Das Foto auf Ihrem Lebenslauf ist nicht mehr aktuell", bemerkte sie.

"Glauben Sie wirklich, mein Foto ist schuld, dass ich keinen Job bekomme? Das wär so, als könnt' ich nicht schwimmen und dann würden Sie sagen: ja, da ist Ihr Bikini dran schuld, ziehen Sie sich einen Badeanzug an und schon können Sie schwimmen!"

"Frau Millöcker, Ihre sarkastischen Bemerkungen helfen uns hier nicht weiter. Ich muss das tun, was das AMS von mir verlangt."

"Auch, wenn es vollkommen sinnbefreit ist?"

"Nichts ist vollkommen!", posaunte sie mir triumphierend ins Gesicht. "Alles hat einen tieferen Sinn!"

Den konnte ich leider nicht erkennen, aber das verschwieg ich.

Frau Grissbruck-Doblhofer fragte mich, ohne mich dabei anzusehen: "Als was haben Sie denn zuletzt gearbeitet? Aha, seh' schon, als Call-Center-Agent. Warum haben Sie denn dort aufgehört?"

"Weil die Quote leider nicht gestimmt hat. Ich sollte jedem zweiten Kunden etwas Unnötiges von einem französischen Kosmetikriesen aufs Auge drücken und das hat nicht geklappt. Die Leute haben auch nicht mehr so viel Geld wie früher. Jeder muss sparen und kauft im Drogeriemarkt um Häuser billiger ein."

"Und warum sind Sie schon so lange arbeitslos?"

Tsiss! Die stellte saublöde Fragen, bzw. las die blöden Fragen von einem A4-Blatt ab. Ich wollte schon sagen: Damit so eine krepierte Kaulquappe wie Sie ganz einfach zu ein paar Euro für Essenkaufen kommt! Doch ich entschied mich für eine originellere Variante.

"Tja, wissen Sie, ich hab ein schlechtes Horoskop, wie mir einmal so eine Astro-Tante verraten hat. Ich bräuchte die Sonne im zehnten Haus, damit ich beruflich erfolgreich bin, habe sie aber leider im neunten, wo sie mir nix nutzt. Um zu Geld zu kommen, bräuchte man Planeten im zweiten Haus, wo bei mir gähnende Leere herrscht. Aber so viel Schaden, wie die Flasche, die mit Franken-Krediten der Stadt Wien einen

Verlust von über 300 Millionen Euro beschert hat, könnte sogar ich mit meinem miesen Horoskop nicht verursachen!"

Nun guckte sie wie ein verunglücktes Autowrack, wohl mitleidend gemeint fragte sie mich: "Oje, und können Sie keine privaten Kontakte nutzen, um zu einem Job zu kommen?"

"Glauben Sie, ich säße hier, wenn ich nur jemanden anrufen könnte und fragen" - dabei ahmte ich mit meiner linken Hand einen Telefonhörer nach - "Hallo Heinzi, hast nicht einen Job für mich?" Dann klatschte ich entnervt in die Hände. "Nein, ich kenne leider keine Unternehmer, keine Großindustriellen und schon gar keine Politiker, die mich aufgrund von Nepotismus einstellen. Ich habe durch meine Arbeitslosigkeit sowieso schon fast alle meine Freunde verloren."

"Oje", entkam ihr daraufhin und sie stellte die nächste intelligente Frage auf ihrer Liste, diesmal gleich mit vier Antwortmöglichkeiten. "Glauben Sie, dass ich Ihnen einen Job verschaffen kann? Ja, nein, eher nicht oder sicher nicht?"

"Sicher nicht, weil unsre supergescheiten Politiker die Lohnnebenkosten zu hoch für meine Generation angesetzt haben! Jeder Unternehmer will doch nur billige Arbeitskräfte oder sogar kostenlose Praktikanten. Am liebsten wäre den gierigen Multis, man würde noch draufzahlen für die Ehre, bei ihnen beschäftigt zu sein."

Der ratlose Blick dieses Strichmännchens bzw. -frauchens verriet mir totale Unwissenheit über die herrschenden Zustände. "Für Sie ist das Glas Wasser wohl immer halb leer?"

"Welches Glas?", forschte ich unwirsch. "Meines muss mir wer ausgesoffen haben!"

"Na, ich werde Ihnen einen Job suchen." Nun schaute sie konzentriert auf ihren PC, zeigte dann triumphierend auf den Monitor und gluckste: "Ah, da wird ein Call-Center-Agent gesucht - oje - aber nur zwischen 20 und 40. Sie sind ja schon viel älter, gell?" Mit ihren durch die Riesenbrille vergrößerten Froschaugen maß sie mich von oben bis unten.

Da waren wir wieder mal bei der Gretchen- bzw. Altersfrage und ich musste nun diese abschätzende Messung einer solchen spindeldürren Fischgräte über mich ergehen lassen. Traurig nickte ich, obwohl ich für das Vergehen der Zeit wahrlich nichts konnte. Dieser Entwurf stammte nicht von mir, sondern von einer höheren Wesenheit. Eventuell als ärgste Strafe für die Sünde im Paradies...

"Aber ich werde dort anrufen, Sie haben ja Erfahrung!" Schon hob sie den Hörer ab und tippte mit ihren skelettösen Fingern die Nummer in ihr Diensttelefon.

Ich versuchte noch leise, sie davon abzuhalten: "Sparen Sie sich den Anruf, der ist so sinnlos wie mein Besuch bei Ihnen."

Doch sie hörte mich gar nicht und piepste in den Hörer: "Ja, hallo! Hier Frau Grissbruck-Doblhofer, ich hab hier eine Dame sitzen, die könnte bei Ihnen sofort anfangen, Sie ist aber schon über 50.... ach, ...das geht nicht, ...na dann auf Wiederhören!"

Sie legte auf, um mir fröhlich mitzuteilen: "Das ist ein junges dynamisches Team, da passen Sie nicht hin! Ich finde ja, die sollten gezwungen werden, SIE aufzunehmen, so wie sie Behinderte aufnehmen müssen, sollten sie SIE auch aufnehmen müssen. Also, ich geb' Ihnen einen neuen Termin bei mir."

Empört sprang ich auf und hätte ihr am liebsten eine angeraucht, wie man bei uns in Wien das Verabreichen einer schallenden Ohrfeige nennt, doch eine Brillenträgerin schlägt man nicht. Ich eröffnete ihr stattdessen beherrscht in gepresstem Ton: "Danke nein, Frau Gaissbock-Dodlhuber! Bevor ich nochmal zu IHNEN komme, geh ich lieber zum Kim Yong-Un nach Pingpong oder wie das Kaff heißt! Sogar zur Darmspiegelung ginge ich lieber, bevor ich mir noch ein einziges Mal Ihr verhungertes Brillenschlangen-Gesicht anschauen muss. Ich lasse mich doch von Ihnen nicht verarschen! Ich will Ihre Vorgesetzte sprechen!!! Kapiert?"

Ein etwas beleidigter Silberblick von dem Uhu traf mich, als sie schnippisch piepste: "Von mir aus, wenn Sie glauben, dass Ihnen die besser helfen kann, bitte! Einen Stock höher auf Zimmer 521!"

Auf dem Weg dorthin überlegte ich noch, ob ich gleich den 5. Stock nutzen sollte, um mich mittels Absprung zu entleiben und mich in einer hoffentlich viel besseren, jenseitigen Welt wiederzufinden. Aber dann fiel mir zum Glück ein, dass ich ja dann den miesen Kreaturen vom AMS, allen voran deren Abteilungsleiterin mit dem Medusen-Blick, eine Freude machen würde, und das wollte ich unter keinen Umständen.

In einem größeren Büro stand ich wie eine arme Bettlerin der Chefin von dem Grissbruck-

Doblhofer-Trampel gegenüber. Auf deren Namensschild stand: Wilhelm-Langer.

Ich erklärte ihr also aufgebracht den eben erlebten kabarettreifen Zwischenfall: "Und dann erklärt mir das dumme Trutscherl noch, warum ihr hirnloser Anruf unfruchtbar geblieben ist. Vergleicht mich überdies mit einer Behinderten, die aufgenommen werden muss!!! Das ist alles so sinnlos, ich komme mir vor wie Sisyphus! Nur hat der ja die Götter beleidigt, ich habe aber niemanden beleidigt und muss mich von solchen kleinen Wichtigtuern quälen lassen!!!"

Die Chefin stimmte mir sogar zu: "Ja, das hätte sie natürlich nicht sagen dürfen. Da geb ich Ihnen recht! Schade, dass Sie unser Coaching als sinnlos empfinden. Aber ich habe ja noch 20 andere Bedienstete, die Ihnen weiterhelfen können."

"20 Nieten haben Sie? Toll! Und ich darf diese Spezialisten jetzt alle nacheinander durchprobieren? Leute, die meine Kinder sein könnten und sich auch so benehmen??? Deren Hirne Almhütteln ähneln - hoch droben und nix drin! Die null Ahnung haben und ihre Jobs wahrscheinlich nur bekommen haben, weil sie im richtigen Stall geboren worden sind! Und weil sie das Glück eines Doppelnamens haben!!!"

"Beruhigen Sie sich doch! Ich kann Sie natürlich nicht zwingen, sich von uns helfen zu lassen, aber es wird Konsequenzen haben, wenn Sie sich weigern unsere Dienste weiter in Anspruch zu nehmen. Die Notstandshilfe kann Ihnen ganz leicht gestrichen werden und die Leute sind ja dann arm, können ihre Miete nicht mehr zahlen und sind dann obdachlos!" Nun sah sie mich ziemlich triumphierend an.

"Wissen Sie was, Frau Willkür-Langer? Mir ist speiübel! Öchem!"

Erschrocken zuckte sie zusammen: "Bitte beherrschen Sie sich."

"Bevor ich mich gleich hier übergebe, gehe ich lieber! Ich geh in den Krankenstand!!! Wahrscheinlich haben Sie sowieso eine verdeckte Dienstanweisung, die das sogar verlangt (mit verstellter Stimme hob ich an): Treiben Sie die Leute in den Krankenstand, weil dann die Krankenkassa für die lästigen Arbeitslosen zahlen muss!!!"

"Sowas von unkooperativ..."

"Eher überdrüssig und kotzbereit!", verbesserte ich ihren Eindruck von mir und eilte davon. Denn das, was von meinem

Nervenkostüm noch übrig war, brauchte ich für Wichtigeres als die Konfrontation mit derlei Gesocks!!!

Daheim erwartete mich im Postkasten eine Überraschung: ein Brief, in welchem ich aufgrund eines schon vor zwei Monaten abgesandten Bewerbungsbriefes mit fadem Text zu einem persönlichen Gespräch eingeladen wurde. Daher entschloss ich mich, nicht schon wieder in den Krankenstand zu gehen, sondern zum AMS, denen ich den Brief unter die Nase hielt und gleich das Coaching abschaffen konnte, allerdings die sofort ausgedruckte Zuweisung zu einer angeblich kompetenten Dame zwecks eines kurzen Bewerbungstrainings bekam. Na, dachte ich mir da gleich pessimistisch - oder vielmehr realistisch, das kann auch nix werden...

Zusammentreffen

Auf der Straße am Weg zur U-Bahn-Station traf ich zufällig meine ehemalige Arbeitskollegin Trudi, die ich schon jahrelang nimmer gesehen hatte. Die Jahre schienen spurlos an ihr vorübergegangen zu sein, denn ich konnte gar keine Veränderung feststellen, eventuell hatte sie auch die Dienste eines

Beauty-Docs in Anspruch genommen, denn sie sah blendend aus in ihrem schicken graublauen Hosenanzug.

"Ja, so eine Überraschung, Anni, seit du damals bei uns in der Firma gekündigt hast, haben wir uns nimmer g'sehen. Der alte Chef hat schon den Löffel abgeben. Jetzt hat sein debiler Sohn die ganze Belegschaft ausg'wechselt! Du ahnst nicht, was der über mich sagte, als ich mal an seiner Türe horchte."

"Ja, was denn? Spann mich nicht auf die Folter!"

"Das muss einmal eine schöne Frau gewesen sein! So, als wäre ich jetzt eine Vogelscheuche!"

"So ein Vollkoffer!", schimpfte ich, denn sie sah wirklich super für Ende vierzig aus.

"Ja, der kann nur verbale Blähungen ablassen und wird die Firma bald an die Wand fahren. Und, wie geht es dir denn so, Anni?"

"Ach, besch...eiden, Trudi! Mein Leben zieht sich wie ein Strudelteig dahin und wickelte mich gnadenlos ein."

"Was is denn los mit dir? Beziehungsprobleme?"

"Das fehlte mir gerade noch. Das AMS macht mich mürbe!"

"Jaja, das hört man von allen AMS-Kunden. Die schicken Allergiker zu einem Job ins Tierschutzhaus, junge Mädchen in einen Sex-Massageclub und Analphabeten in einen IT-Workshop, offenbar wollen sie die Leute nur so schnell wie möglich loswerden. Ich war auch kurz arbeitslos, da haben die mich in einen Kurs geschickt, wo wir unter anderem zirkuläres Tratschen geübt haben, die Kursleiterin war so eine saublöde Arsch-Madam, die gedroht hat, wenn wir nicht kooperieren, dann verlieren wir sofort den Bezug. Die denken, wir sind alle nur arbeitsscheue Parasiten, dabei hat mich der blödsinnige Unternehmersohn doch rausg'worfen, damit er seinen Liebling einstellen kann. Aber was soll ich dir erzählen, du weißt ja eh, wie es so zugeht bei uns."

"Du sagst es!"

"Lass dich nicht unterkriegen von denen! Die sind zwar organisiert, aber helfen können die den Arbeitssuchenden nicht, nur verwalten und verarschen. Das aber gründlich!"

"Du sprichst mir aus der Seele, und wie bist du denn zu deinem neuen Job gekommen, wenn ich fragen darf?", wollte ich wissen.

"Der Ex-Schwiegervater von mir, also der Vater von meinem Ex-Mann, hat ein Herz für mich gehabt und mich in seiner Tischlerei als Sekretärin, Buchhalterin und Mädchen für alles eingestellt. Der hat auch das super SAP-Buchhaltungssystem, wo ich einen Kurs dafür gekriegt hab, daher weiß ich, dass man, wenn man den Wirtschaftsprüfer in den Wahnsinn treiben will, nur ein Massen-Storno machen muss. Haha!"

"Um mich in den Wahnsinn zu treiben, ist nimmer viel nötig!"

"Geh, hör auf, du bist nicht unterzukriegen! Ich muss leider wieder an die Arbeit, mir geht es nicht so gut-äh ich meine, ich kann mir die Zeit nicht so einteilen wie du."

"Ich kann mir die Zeit auch nicht so einteilen wie ich will, zwischen AMS-Terminen, Sinnlos-Kursen und Sinnlos-Coachings muss ich noch von Arzt zu Arzt rennen."

"Das tut mir leiiid! Also, ich wünsch dir baldige Besserung! Servus!"

Mir kam vor, als würde sie sich extra beeilen, von mir schnell wegzukommen, aber ich kann mich natürlich auch täuschen. Unzufrieden mit meinem Schicksal verglich ich unsre Positionen: der Vater ihres Ex gab ihr eine Chance und bei mir war die Mutter meines Ex überhaupt erst an der Trennung schuld... So unterschiedlich sind die menschlichen Schicksale und ich fühlte mich zum Hadern mit dem meinen verleitet, obwohl es ja nix nützte.

Jedenfalls fuhr ich mit der U-Bahn bis nach Hause und erlebte beim Raufgehen von der Station nach oben eine üble Überraschung. Wieder so ein Schlag des Schicksals in die Magengrube. Denn ein sichtlich Drogensüchtiger mit toten Augen und verwahrlostem Aussehen versperrte mir breitbeinig den Weg.

Furios drohte er mir mit der Faust: "Gib mir dein Geld, Alte, sonst hau ich dich nieder! Und das Handy gib auch her, aber presto!!!"

HUCH! Ich schaute geschockt von ihm in meine Handtasche, wo ich als erstes das Messer, welches mir meine Nachbarin Helene zum Türaufbrechen geborgt hatte, fand, es nahm und damit wild herumfuchtelnd schrie "ICH STECH DICH AB, DU HUNDSBUA!!!"

Der Junkie lief tatsächlich erschrocken davon und ich stand ganz erstaunt über meinen unvermuteten Erfolg da. Sozusagen überwältigt von meiner eigenen Courage.

Eine Passantin mit ihrem Kind sah die Szene zufällig und lief hastig weiter: "Jessas, a Irre!

Komm schnell, Schatzerl!" Dabei zog sie das Kind hinter sich her wie einen nassen Sack.

Puh, ich sah mich ratlos um, schaute hoch zur Überwachungskamera, hinter der wohl wieder keiner saß, falls sie überhaupt funktionierte und nicht nur Attrappe war. Schnell steckte ich das Messer wieder in die Tasche und ging dann weiter, und zwar schnurstracks zu unserer Polizeiwachstube.

Dort stand ich am Schalter einem netten Polizisten gegenüber, welcher blendend aussah, das konnte jedoch auch an der kleidsamen Uniform liegen - also am Zauber der Montur.

"Es ist mir peinlich, ich hab normalerweise kein Messer bei mir und bin eher der ängstlich-vorsichtige Typ, aber es war nämlich so, dass ich nachts die Wohnungstür hab zufallen lassen, als ich mich kurz beim Nachbarn über den Lärm beschwert hab. Dann bin ich zu einer befreundeten Nachbarin gelaufen, um mit dem geliehenen Messer hier meine Tür aufzuzwängen. Das war ein Kampf!"

"Das kann ich mir lebhaft vorstellen. Vor allem, wo es so viele unseriöse Schlüsselnotdienste gibt, die für eine Türöffnung ein Heidengeld verlangen. Wir haben schon jede Menge Anzeigen."

"Ja, davon hab ich gelesen. Dann hab ich das Messer danach in meine Handtasche getan, um es der Nachbarin wieder zurückzubringen, hab aber total drauf vergessen und wie mich dieser Drogensüchtige überfallen hat, da bin ich der Versuchung erlegen, ihn damit zu bedrohen, worauf er weggerannt ist."

"Sie sind eine wehrhafte Frau, das imprägniert mir!", sagte er augenzwinkernd.

"Danke, wie gesagt, normalerweise bin ich gar nicht so, aber ich habe auch so eine Wut gehabt, weil ich eh vom Pech verfolgt und so frustriert bin, und dann kommt so ein abgewrackter Bursch daher und will mich noch berauben."

"Da haben Sie aber Glück gehabt, Gnädigste! Weil normalerweise sind die Junkies so aggressiv drauf, dass sie gar keinen Schmerz spüren, sogar, wenn Sie zugestochen hätten. Wollen Sie jetzt den Überfall anzeigen?"

"Eigentlich wollte ich eine Selbstanzeige machen, weil ich diesen Drogenkranken ja bedroht habe, in berechtigter Erregung zwar, aber immerhin..."

"Also ich glaube kaum, dass der Junkie eine Anzeige gegen unbekannt machen wird. Das heißt, wenn Sie wollen, nehm ich Ihre Anzeige auf, wenn nicht - wo kein Kläger, da kein Richter."

"Ja, dann nicht... weil ich habe eh schon genug Probleme."

"Wenn Sie einen Rat von mir wollen, dann gehen Sie in Zukunft zu Fuß, wenn Sie es nicht eilig haben! Weil in der U-Bahn wimmelt es nur so von zwielichtigen Gestalten. Die Stationen sind ein richtiger Magnet für solche Leute! Und es ist auch besser für die Figur! Nicht, dass Sie es nötig hätten, ich mag mollige Damen!"

"Danke! Sehr freundlich von Ihnen!"

"Bitte sehr!"

Diese unverhofften angenehmen Begegnungen hatte ich leider viel zu selten, es wäre schön, wenn solche lieben Menschen öfters meine Wege kreuzten. Den Junkie meinte ich natürlich nicht...

Ein schöner Abend zu zweit

In der Wohnung meiner Nachbarin Helene saß ich gemütlich bei einem Glas Rotwein auf der Ikea-Couch und übergab ihr das geborgte Messer aus meiner Handtasche.

"Tut mir leid, dass ich dir das Messer erst jetzt bringe, aber ich hab ganz drauf vergessen. Zum Glück, denn es hat mir vielleicht das Leben oder zumindest das Geld gerettet. Ein räuberischer Drogensüchtiger hat mir mit der Faust gedroht und ich konnte ihn mit deinem Messer in die Flucht schlagen."

"BRAVO! Warum hast denn drauf vergessen? Hast so viel zu tun?"

"Ja, das AMS hält mich beschäftigt, damit mir nur ja nicht fad wird! Dabei wüsste ich mir meine Zeit schon zu vertreiben, und zwar ganz ohne die in Kursen üblichen Bastelanleitungen und Familienaufstellungen."

"Und wenn du vor allem mehr Geld hättest!", meinte sie nicht ganz zu Unrecht.

"Ja, allerdings könnte ich mich auch ohne Geld amüsieren, wenn man mir nicht dauernd die Nerven strapazierte."

"Was tätest denn so machen?"

"Mir vielleicht wieder einen Mann suchen!"

"Du hättest reich heiraten sollen, Anni."

"Dann wäre ich sicher schon geschieden!"

"Weißt du, was der Tochter von der Käthe passiert ist?"

"Nein?"

"Die hat einen Schlaganfall erlitten! Ist im gleichen Alter wie du!", klärte sie mich auf und sah vielsagend zum Plafond rauf.

"Das baut mich auf! Die hat aber auch geraucht, soviel ich weiß!"

"Ja schon, aber es kriegen auch Nichtraucher einen Schlaganfall, wenn sie Pech haben!"

"Ich werde gesünder leben und von nun an alle Wege zu Fuß erledigen, hat mir übrigens auch der freundliche Herr Inspektor geraten, bei dem ich eine Selbstanzeige machen wollte."

"Hast du mit ihm geflirtet?", wollte Helene wissen und schenkte mir Wein nach, wohl um meine Zunge zu lösen, doch das ist ganz unnötig, die sitzt eh schon locker genug.

"Leider aussichtslos. Der trug einen Ehering! Ist mir sofort aufgefallen. Du warst ja auch mal verheiratet und-"

"Erinner mich nicht dran!", unterbrach sie mich gleich. "Ich bin froh, dass mein Alter schon über den Jordan geschwommen ist. Stell dir vor, einmal ist mir beim Staubsaugen schlecht geworden und ich hab mich hingesetzt und bin eingeschlafen. Und wie mein Alter heimkommt, weckt er mich auf und sagt: 'Du bist eine faule Sau!' Und ich frag ihn noch: 'Warum bin ich eine faule Sau?' Und er erklärt mir, weil der Staubsauger noch herumsteht, darum bin ich eine faule Sau."

"Unverschämt!" Auf den Schreck musste ich sofort ein weiteres Glas Wein leeren.

"Jaja, die Männer sind wie Kaufhaus-Toiletten: entweder besetzt oder beschissen!", resümierte sie treffend.

"Helene!"

"Na, ist doch wahr! Du, was hältst du davon, zum Möbel-Lutz zu gehen und uns dort ein Schnitzel reinzuhauen?"

"Ja, Super!", freute ich mir einen Ast. "Gehen wir zum Triple-X, denn dort kostet ein Schnitzel mit Pommes nur 2,99 Euro, das kann ich mir leisten!"

"Nix da! Ich lad dich ein!"

Kurz darauf saßen wir schon an einem schön gedeckten Tisch im Möbelhaus-Restaurant, speisten Schnitzel und tranken Almdudler. Am Nebentisch saß ein muskulöser Herr allein mit seinem Baby, welches in seinem Wagerl schon zu quengeln begann. Der Grund dafür blieb Helene nicht verborgen und sie teilte ihn auch dem Herrn sofort mit.

"Entschuldigen Sie, Herr, aber Ihr Kind scheint eine volle Windel zu haben, ist die Frau Gemahlin noch lang fort?"

Plüschäugig hob er den Kopf, den er ziemlich tief in seinen Suppenteller gebeugt hielt, und gestand: "Ich bin heute allein unterwegs, weil meine Frau ihren Bridge-Abend hat. Gibt es hier einen Wickelraum?"

"Ja schon", wusste Helene, "der ist allerdings in der Damentoilette. Aber mit Ihrem Butzerl können Sie natürlich dennoch rein."

Da mischte ich mich ein und meinte vorsichtig: "Na, aber mit seinen Riesen-Händen überlebt das Kind das Umwickeln vielleicht gar nicht."

Nun machte er den Eindruck, als wollte er mir gleich an die Gurgel springen und verteidigte sich: "Ja, ich hab zwar Hände so groß wie Abort-Deckeln, doch ich konnte damit immer noch meinen Sohn unverletzt wickeln!" Mit beleidigt zusammen gepressten Lippen verdünnisierte er sich samt Kind im Wagerl Richtung Damen-WC.

"Das Kind tut mir leid bei dem Monstrum", bemerkte ich und wischte mir den Mund ab. "Ah, das war delikat!"

Plötzlich KLIRR! krachten in der Küche einige Teller auf den Steinboden. Wir erschraken und Helene fragte die Kellnerin, die eben unser Geschirr vom Tisch abservierte: "Spielen Sie Lotto?"

Erstaunt erwiderte sie: "Nein, warum?"

"Naja, Scherben bringen bekanntlich Glück!"

Nachdem Helene die Rechnung bezahlt hatte, machten wir noch einen Verdauungsspaziergang durch das Möbelhaus und begutachteten das liebevoll kombinierte Mobilar. Wirklich sehr stylisch, teils richtig edel, gar nicht wie aus einem Billig-Prospekt. Helene betrachtete in einem Schlafzimmer mit Kennerblick einen Einbauschrank.

"Ein schönes Stück!", lobte sie.

Auf einmal, wie aus dem Nichts aufgetaucht, erschien ein eifriger Verkäufer auf der Bildfläche und näherte sich uns, ein gewinnbringendes Geschäft witternd. "Eine gute Wahl, meine Dame! Das ist echte Eiche massiv aus Deutschland, ein absolutes Qualitätsprodukt, übersteht sicher auch den 3. Weltkrieg."

"Na, hoffentlich nicht!", entschlüpfte es mir, im Hinblick auf meine derzeitige Situation wäre der 3. Weltkrieg nämlich sogar noch eine Steigerung meiner Lebenskrise.

Der Verkäufer ließ eine weitere Lobeshymne auf die Einrichtung erfolgen, betete alles von Pflegehinweisen bis zu den günstigen Lieferbedingungen runter und kulminierte in dem Satz: "Haben Sie noch eine Frage, gnädige Frau?"

"Ja!", sagte Helene bestimmt.

"Und welche?", freute sich der Verkäufer
schon auf einen aussichtsreichen
Geschäftsabschluss.

"Wo krieg ich das Geld zum Kaufen her?"
Nun verfiel er sichtlich - es klappte ihm leicht
der Unterkiefer herunter, die Schultern sanken
und ich musste mir das Losprusten verkneifen.
Helene, die Stimmungskanone, konnte einem
wirklich die Lachtränen in die Augen treiben.

Na, wir verbrachten noch einen lustigen
promillereichen Abend nach dem köstlichen
Restaurantbesuch bei ihr daheim miteinander,
denn die angebrochene Rotwein-Flasche wollte
bis zur Neige geleert werden, guckten dann noch
so eine halblustige deutsche Show, wo die C-
Promis bekloppte Aufgaben lösen müssen und
sich freiwillig zum Affen machten, nur um
irgendeinem TV-Schaffenden ins Auge zu
springen und wieder mal eine halbwegs
ansprechende Rolle abgreifen zu können.

Irgendwann so gegen Mitternacht
verabschiedete ich mich und trollte mich zurück
in die Wohnung zu meinem Rudi.

Jedenfalls musste ich zugeben, dass ich selten
so gut geschlafen habe, und zwar die ganze
Nacht durch bis um halb acht Uhr früh. Ich
konnte gar nicht sagen, ob es am delikaten

Essen, dem Schlummertrunk oder an der angenehmen Atmosphäre bei der lebensweisen humorvollen Helene lag. Mit so einem lieben Menschen war man gern zusammen. Leider gab es davon viel zu wenige.

Bewerbungstraining

Dieser ganze AMS-Sinnloskurszirkus war der regen und weit überbezahlten Fantasie eines Spindoctors entsprungen, der à la Tal Goldnase-pardon Silberstein schon gar nimmer in Wien wohnte, um nicht in Gefahr geraten zu können, erkannt zu werden und dadurch Anlass zu geben, dem gerechten Volkszorn zum Opfer zu fallen.

Eine dieser sinnlos beschäftigten Damen hatte die Aufgabe, die Arbeitsuchenden auf ein Vorstellungsgespräch vorzubereiten. Als ich also wider Erwarten meines via gestrigem Brief erhielt, wurde ich vom AMS nun zu ihr - in ein Büro im oberen Stock des Hauses - geschickt, damit die Frau auch was zu tun hat und dachte mir sofort, als ich ihrer ansichtig wurde: lebt die überhaupt noch??? Am Fensterbrett standen so viele Blumen und Grünpflanzen wie bei einer Aufbahrung und mitten im Zimmer hing in einem Stuhl eine Scheintote in einem Folklore-

Outfit. So teilnahmslos und total apathisch saß sie in ihrem Büro und hob erst verschlafen den Kopf, als ich laut grüßte.

"Guten TAAAG, mein Name ist Anni Millöcker!"

"JA?", fragte sie mit einem glasigen Blick, der mir eindeutig Medikamenteneinnahme signalisierte. Möglicherweise Valium oder sonstige Sedativa. Vielleicht hatte sie auch einen Nebenjob als Animierdame in einem Nachtclub und schlief sich im Büro aus. Obwohl sie für diesen Nebenjob wohl eine Maske aufsetzen hätte müssen, denn von Attraktivität war bei ihr keine Spur zu finden. Aber ich will ja nicht gehässig sein...

"Ich komme wegen dem Vorstellungsgespräch", sagte ich und setzte mich unaufgefordert auf den Stuhl vis-a-vis von ihr, weil ich nicht annahm, dass sie noch die Kraft besaß, den Arm zu heben und mir anzudeuten, mich hinsetzen zu dürfen.

"Jaaa?", fragte sie in einem langgezogenen Ton, als hätte ich sie eben aus tiefstem Schlaf oder auch aus dem Delirium Tremens auferweckt. Wer weiß, eventuell erschien ich ihr als eine Art von Fata Morgana.

"JAAA, Sie sollen mit mir die Fragen durchgehen, die beim Bewerbungsgespräch kommen", erklärte ich ihr, denn ich nahm natürlich an, dass sie das nicht so schnell aus ihrem komatösen Gehirn würde abrufen können. Und SOWAS verdiente GELD!!!

"JA, welche Fragen könnten da wohl kommen?", sagte sie langsam und verdrehte die Augen, so als wolle sie innerhalb ihres Denkapparates noch eine aktive Stelle finden.

Ich wollte sie schon fragen: Nehmen Sie Valium und haben eine Tablette zuviel erwischt? Doch ich sagte stattdessen, mich zur Ruhe zwingend: "Möglicherweise die Fragen, die im Internet stehen, was mir wenig wahrscheinlich vorkommt, denn ich wurde niemals in einem Gespräch danach gefragt, sondern nach dem, was ich bisher so gemacht habe. Aber ich nehme stark an, dass Sie nach Schema F mit mir diese Internet-Fragen durchgehen müssen. Welche drei Stärken und drei Schwächen ich beispielsweise habe."

Oje, dachte ich, jetzt habe ich die Scheintote mit meinem Redeschwall bestimmt überfordert. Gleich stirbt sie echt.

"Und welche sind das?" Das Sprechen schien ihr schwer zu fallen und auch die Augen offenzuhalten, schien eine immens überwältigende Kraftanstrengung für sie darzustellen.

"Ungeduld ist eine Schwäche von mir und schwache Nerven eine andere", zählte ich auf.

"Ja?"

"JAAAA!"

"Und weiter?", fragte sie in Zeitlupe.

"Was weiter?"

"Sie sprachen von drei Schwächen."

Überrascht, doch noch ein Zeichen von sowas wie einer Gehirnaktivität bei ihr geweckt zu haben, setzte ich fort: "Überpünktlichkeit, wenn Sie verstehen, was ich meine."

Ich meinte, es käme nicht gut an, wenn ich irgendwo zu früh auftauchte und glaubte kaum, dass sie das begriff. Jedenfalls sah sie nur total verblödet drein und hätte wie all die andern auch ihr Gehalt in der Geschenkbox erhalten sollen. Und zwar nur einmal im Jahr: zu Weihnachten vom Christkind!!!

Ich machte den Fehler, dass ich die ganze Gesprächsführung übernahm, also praktisch auch ihre Arbeit, sodass ich die öde Stunde mit ihr schneller rumbringen konnte. Ein zweites Mal würde ich das nicht tun, nahm ich mir fest vor, sondern mich so blödstellen, wie diese Halbtote augenscheinlich war, und den stummen Fisch zu spielen oder den lieben Papagei, der alles nachplappert. "Und meine drei Stärken sind Ausdauer, Kreativität und Flexibilität."

Wie aufgezogen redete ich also weiter und betete alles runter, was zu dem Thema im Internet stand und was mir in diesen ganzen bisherigen Kursen an Binsenweisheiten immer eingedrillt worden war. Kopfnickend wie diese Dackel, die in manchen Autos auf der Hutablage stehen, nahm sie mir diesen Sermon ab wie ein seniler Pfarrer die Beichte. Bedankte sich nicht einmal, dass ich so großmütig auch gleich ihren Part des Dialoges übernahm. Mir hätte eigentlich eine Auszeichnung für meine Unerschütterlichkeit des Tuns gebührt. Und ihr der unnoble Preis für Denkschwäche.

Aber sei's drum, das Leben war eben schon immer ungerecht, die größten Trotteln hatten einen gutbezahlten Job, auch im Metier der Handwerker, und solche wie ich, die doch noch ohne Übertreibung halbwegs intelligent waren, mussten darben....

Nachdem ich am Ende angelangt war, und zwar sowohl am Ende meiner Weisheit als auch am Ende meiner Geduld, hielt ich die Luft an und wartete noch einige Minuten, in welchen sie mich fragend anglotzte, wobei ich mir nicht sicher war, ob sie nicht mit offenen Augen eingenickt war. Das gab es wirklich, Leute, die offenen Auges schlafen konnten.

Demonstrativ blickte ich auf meine Armbanduhr und meinte knapp: "Die informative Stunde bei Ihnen ist nun leiiiider um."

"Ja?"

"JAAAA!!!"

"Ich wünsche Ihnen viel Erfolg für Ihre Bewerbung!"

"DANKE! Sie waren mir eine grooooße Hilfe!" Mit dieser offensichtlichen Lüge verließ ich ihr Büro wieder und sie glitt wohl nach meinem Abgang zurück in die Bewusstlosigkeit.

Und wenn ich das jemandem erzählte, glaubte es mir wieder keiner....

Bewerbungs-Dejá-vu

Nach der am Tag davor erfolgten, ach so überaus gelungenen Generalprobe eines interessanten, lebhaften und effektiven Bewerbungsgesprächs konnte ich mich nun also wohl gerüstet wieder einmal dem echten Ernstfall, dem richtigen Gespräch mit einem Personaler respektive einer Personalerin stellen. Und zwar in einer Tabakwaren-Firma, obgleich ich immer schon eine eingefleischte Nichtraucherin war.

Erste Enttäuschung: das Gespräch führte auch so eine Tussi, die meine Tochter hätte sein können. Zwar sehr freundlich - sie bot mir Platz an und einen Kaffee, den ich jedoch ablehnte, und befragte mich dann. Allerdings nicht darüber, welches meine drei Schwächen und Stärken seien, wie das im Internet zu lesen steht. Was ich allerdings auch nicht erwartet hatte.

"Was haben Sie denn bisher gemacht?",
wollte sie wissen und perlustrierte mich prüfend,
so als könnte sie meine bisherigen Tätigkeiten
an meinem Bewerber-Kostüm und meinen
Pumps erraten. Sie selbst trug einen Designer-
Hosenanzug, der wohl eine vierstellige Summe
in einem der sauteuren Geschäfte am Kohlmarkt
gekostet haben mochte. Es gab ja genug
Idiotinnen, die Millionäre noch reicher machten!
Auch die ziemlich exquisite Seidenbluse verriet
teure Herkunft.

Also ich hätte Millionäre niemals reicher
gemacht, selbst wenn ich im Lotto gewonnen
hätte, was allerdings auch nicht zu befürchten
war.

"Ich war jahrelang in der Administration
tätig, habe von Briefe-Tippen über die
Materialverrechnung bis zum Mahnwesen alles
außer Buchhaltung abgedeckt. Meine Spezialität
war das eloquente Verfassen von sensiblen
Briefen, in denen die Konsequenzen des
Nichtzahlens in euphemistischerweise verblümt
sind. So, als wäre es eine unendliche Schande
für den Adressaten, von unserer Firma wegen
unbezahlter Rechnungen vor Gericht gezerrt zu
werden. Zuletzt konnte ich meine

kommunikative Ader in einem Callcenter ausleben, wo ich vielen Kunden half, die für sie richtige Wahl eines Produktes zu treffen."

Bei meinen weitschweifenden Ausführungen glitt ihr Blick über meinen Lebenslauf, welcher vor ihr lag, ehe sie unvermittelt aufschaute und mich freundlich fragte: "Würden Sie auch Überstunden machen?"

"Ja, sehr gerne, ich habe keine Familie und kann daher jederzeit problemlos länger in Amt und Würden bleiben. Vor allem könnte ich das Geld dafür gut gebrauchen", erklärte ich in gewohnter Ehrlichkeit.

"Nein", piepste sie nun plötzlich mit viel höherer Stimme, "es ist so gemeint, dass, wenn Sie mit Ihrer Arbeit nicht fertig werden, die unerledigten Akte in den Überstunden fertigstellen können."

Mein Blick verfinsterte sich ungewollt, denn mir dämmerte natürlich sofort, worauf das hinauslief: die Rauchwaren-Gesundheitszerstörer suchten eine nützliche Idiotin, welche die Arbeit zweier Personen zum Gehalt von nur einer machte. Ein uralter Trick, ich wollte schon sagen: Der Trick ist älter als wir beide zusammen.

"Ich bin bisher immer noch mit meiner Arbeit in acht Stunden fertiggeworden", behauptete ich wahrheitsgemäß, "oder ist sie in Ihrer angebotenen Stellung so umfangreich, dass man sie gar nicht in dieser Zeit bewältigen kann? Handelt es sich schon um einen 12-Stunden-Arbeitstag?"

Darauf reagierte sie nicht, sondern führte das Gespräch professionell zu Ende, wobei uns beiden wohl längst klar war, dass ich für diese Position nicht infrage kam, denn die unterschiedlichen Auffassungen von Arbeitsmoral und Hands on-Mentalität schienen einfach zu weit auseinanderzuklaffen...

Die Verabschiedung fiel herzlicher aus als die Begrüßung und schien schon darauf hinzudeuten, dass sie sich freute, mich nimmer sehen zu müssen. Und das beruhte wirklich und wahrhaftig auf Gegenseitigkeit!

Im Stadtpark

Um mich von meinem Elend abzulenken, pflegte ich immer gern in die Natur zu gehen.

161

Entweder in den Prater oder in den Stadtpark. Diesmal entschied ich mich für den Park, da ich ja mein Bewerbungs-Kostüm anhatte, beobachtete die Enten im Teich, dachte an meine Jugend, wo ich hier am Teichrand mit meinem ersten Freund, dem Robert Hrdlicka, auf der Wiese geschmust hatte, und setzte mich auf eine Bank. Eine schöne Erinnerung aus meiner Vergangenheit, die gefühlte Äonen zurücklag, ich nahm ausatmend mein Bibliotheks-Buch aus meiner Handtasche, welches ich demnächst wieder einmal austauschen sollte. Das weiche Herbstlicht fiel auf die aufgeschlagenen Seiten der Biographie von Einstein und ich las ein wenig. Leider haben die rücksichtslosen Verleger die Schrift so klein gedruckt, dass ich eine Brille benötigt hätte und zum Augenarzt wollte ich nicht gehen. Daher entnahm ich meiner voluminösen Tasche den Kindle-Reader, da konnte ich die Schrift größer stellen, was mir sehr praktisch erschien. Es fühlte sich entspannend an, vom Mord an diversen Protagonisten zu lesen, weil man sich dann freuen konnten, noch zu leben.

Etwas später setzte sich ein elegant gekleideter Herr in den besten Jahren zu mir und guckte neugierig auf meine technische Errungenschaft.

"Na, was lesen Sie denn da Schönes, meine Dame, wenn die Frage erlaubt ist? Einen Bestseller?" Seine Stimme klang so angenehm, als käme sie aus dem Radio und gehörte einem Nachrichtensprecher. Auch für Hörbücher hätte sie sich hervorragend geeignet.

Amüsiert hielt ich ihm den Reader, wo gerade die Story 'Letale Tierliebe' zu sehen war, kurz unter die Nase und offenbarte ihm den Buchtitel: "Soziopathen sterben selten. Ein sehr schwarzhumoriges Buch mit Kurzgeschichten über verhaltensgestörte Menschen, die ihren Zeitgenossen das Leben schwermachen. Kann ich nur empfehlen, obwohl solche Typen immer mal meinen Weg kreuzen."

"Haha, jaja, davon gibt es mehr als genug, flächendeckend auf der ganzen Welt verteilt, so viele wie Sand am Meer oder Sterne am Firmament." Dabei blickte er kurz zum Himmel hinauf, auf welchem momentan natürlich keine Sterne, sondern nur einige weiße Schäfchenwolken zu sehen waren.

"Sind Ihnen solche auch schon mal persönlich begegnet?" In Erwartung einer längeren Unterhaltung mit ihm tat ich den Reader schon vorsorglich in meine Tasche zurück.

"Ja sicher, zum Beispiel voriges Jahr auf meinem Urlaub in Griechenland. Ich steh mit meinem Wagen auf einem Parkplatz, kommt so ein abgehalfterter Deutscher, dem harten Zungenschlag nach ein Norddeutscher, auf mich zu und behauptet steif und fest, er wäre soeben bestohlen worden, ich solle ihm doch bitte Geld leihen, damit er wieder heimfahren kann. Er würde mir natürlich seine Kontaktdaten geben und so weiter."

"Und? Haben Sie ihm ausgeholfen?" Insgeheim dachte ich, dass ich auf diesen Trick nie und nimmer reingefallen wäre. Schon gar nicht bei meiner prekären Finanzlage. Doch diese ermöglichte mir leider auch keinen Urlaub in Griechenland.

"Ja und wie, ganz zufälligerweise habe ich eine Blüte im Geldbörserl gehabt. Einen falschen 100-Euro-Schein, über den sich der Piefke kaputtgefreut hat. Haha, natürlich waren seine Kontaktdaten falsch. So falsch wie mein Geldschein! Wie du mir, so ich dir! Schade, dass ich nicht erfahren habe, ob er wegen des In-Umlaufbringens von Falschgeld nur verhaftet oder erschlagen worden ist."

"Na, Sie sind mir ein Schlimmer!", scherzte ich und berührte dabei sein Knie.

"Ja, ein Schelm! Weil, ich bin sehr originell. Auch als Erfinder. Ich hab zum Beispiel die aufblasbare Autoapotheke erfunden", rühmte er sich und lächelte verschmitzt.

"Tatsächlich? Und wie funktioniert die?"

"Ganz einfach. Sehen Sie, immer, wenn die Polizei nichts zu tun hat, verursacht sie einen künstlichen Stau, indem sie die Autoapotheken kontrolliert. Und jeder, der keine vorweisen kann, muss tief in die Tasche greifen." Mit der rechten Hand vollführte er die typische Geldgeste.

"Ja, davon hab ich schon gehört."

"Meine aufblasbare Autoapotheke passt in jeden Hosensack, kann bei Bedarf rasch auf die richtige Größe aufgeblasen werden und dem Polizeiorgan als echte Apotheke präsentiert werden." Bei seiner Erzählung warf er sich stolz in die Brust.

"Nennt man das nicht Betrug, bzw. Irreführung der Behörden?", überlegte ich.

"Könnte man durchaus, wenn die Polizisten den Trick durchschauen, allerdings ärgern sie sich so, dass sie nur sagen: FAHREN'S WEITER!"

"Hahaha! Sie sind guuut. Und, wie viel Stück Ihrer Erfindung konnten Sie verkaufen?"

"Leider gar keines, weil mir das Patent darauf verwehrt wurde!" Nun sah er leicht erzürnt aus, bzw. spielte gekonnt die Empörung.

"Haha, Sie sind köstlich!"

"Darf ich Sie auf einen Kaffee einladen? Ich zahle natürlich mit echtem Geld!", versprach er und hob schon erfreut die Augenbrauen.

"Sehr gerne! Da können Sie mir noch mehr solch pikanter Geschichten aus Ihrem Leben erzählen. Das macht ja noch mehr Spaß, als nur darüber zu lesen!", gestand ich ihm.

Galant erhob er sich, verbeugte sich leicht und küsste meine Hand. "Ich bin übrigens der Herbert!"

"Und ich die Anni!"

Wir gingen Arm in Arm durch den Park, beinahe wie ein vertrautes, älteres Paar. Und plötzlich erschien mir die in herbstliche Farben getauchte Natur wie verzaubert und wir schlenderten zur Kurkonditorei Oberlaa, die unweit des Stadtparks und des Hotel Hiltons auf Gäste wartete und deliziöse Süßspeisen feilbot.

Wir setzten uns also in der Kurkonditorei Oberlaa an einen Fensterplatz vis-a-vis vom Hilton und tranken Kaffee. Ich einen Einspänner, Herbert einen Mokka. Eigentlich hätte ich in seiner Gegenwart gar kein Schlagobers zum Versüßen des Tages gebraucht. Seinen süßen Worten zu lauschen genügte mir.

"Da sitz ich ganz gern und schau zu dem großen Hotel rüber, wie die Leute mit ihren teuren Autos ankommen, reingehen und denk mir Geschichten aus. Wer die wohl sind, was die so machen und was sie dann im Hotel erleben", erzählte er mir. "Der dort zum Bleistift, der könnte ein Diplomat sein, der in seinem schwarzen Koffer den Code für die Atomraketen mit sich trägt, und die Frau dort mit dem Turban könnte eine Sultans-Gattin auf der Flucht vor ihrem eifersüchtigen Liebhaber sein."

"Ach, du bist Schriftsteller?"

"Das nicht, aber ich bin sehr fantasiereich, das belebt meinen Alltag. Wie sieht denn dein Alltag aus, Anni?"

"Oh, da gibt es wenig Abwechslung. Die wahren Abenteuer sind wirklich im Kopf." Auf keinen Fall darf ich dem feinen Herrn von meinen AMS-Begegnungen der dritten Art berichten, schoss es mir warnend durch den Kopf und ich nahm mir vor, mich nur ja nicht zu verplappern oder eine Schimpfkanonade zu starten. Denn derbe Worte warfen leicht ein schlimmes Licht auf ihren Absender.

"Genau! Und da verursachen sie wenigstens keinen Schaden. Ich reise ja gerne, aber den Stress, den man dabei erlebt, der macht einem die Sache ein bisschen madig", sagte er und rief dem Kellner zu: "Ober, ich nehm noch einen kleinen Cognac!"

"Kommt sofort!" Schon flitze er los.

"Meine letzte Reise ging nach Mallorca!", erinnerte ich mich.

"An den Ballermann? Da war ich auch schon."

"Nein, nicht an den Ballermann, in Mallorca kann man auch ganz hervorragend wandern."

"Ja, wenn einem die Superreichen nicht den Weg mit ihren Zäunen abschneiden."

"Das stimmt. Die zäunen sich ein, damit sie von ihren zahlreichen Fans nicht belästigt werden können. Obwohl sie doch alles dazu taten, um so viele Fans wie nur möglich zu bekommen. Eigentlich absurd."

"Und das Fliegen verursacht mir auch manchmal Panik", gab er zu. "Ich denke, ich sitze in einer riesigen Konservenbüchse und kann nicht aussteigen wann immer ich will. Nicht einmal mit einem Fallschirm."

"Ja, weil man in 10.000 Meter Höhe ja die Tür nicht aufbekommt", wusste ich dank einschlägiger Lektüre. Lesen bildete wirklich ungemein.

"Exakt. Enterisch!"

"Ihr Cognac!", sagte der Kellner und servierte ihn ihm.

"Danke! - Möchtest du auch noch was, Anni?"

"Nein, ich bin auf Diät", log ich, angesichts meiner überschüssigen Pfunde.

"Aber ich bitt' dich, wär doch schade um jedes Kilo!"

Der liebe Mann wurde mir immer sympathischer. "Na gut, dann nehm ich noch ein Eissoufflé Grand Marnier!"

"Sehr gern, gnädige Frau!", sagte der Kellner und servierte es mir schleunigst und es schmeckte mir so herrlich wie noch selten zuvor...

Omi nervt

Wes Herz voll ist, des Mund geht über, heißt es im Volksmund und daher besuchte ich mit einem schönen Blumenstrauß meine Oma, die sich wunderte, mich außerhalb der vereinbarten Besuchstermine zu sehen.

"Ich hoffe, es ist nichts Schlimmes geschehen, dass du mich so schnell wieder besuchst", sagte sie, während ich die Blumen in eine Vase stellte. Es handelte sich um duftende Freesien.

"Aber Oma, ich komm doch gern zu dir!"

"Ja, weil du eh arbeitslos bist! Da kann einem schon öfters fad werden, gell?"

"Das heißt natürlich nicht, dass ich die ganze Zeit nur auf der faulen Haut liegen kann, Oma!"

"Ah, net? Was machst denn überhaupt den ganzen Tag?"

Puh, dachte ich mir, eine Laune hat die Alte wieder, dabei wollte ich ihr doch einmal eine frohe Kunde von mir bringen. Schließlich kam das so selten vor wie Schnee im August.

Lächelnd setzte ich mich neben sie. "Ich muss äh-will dir etwas gestehen, Omi!"

"Oh weh, wenn du schon OMI sagst, brauchst ein Geld?" Instinktiv neigte sie sich ein wenig von mir weg. Man konnte sie nicht direkt geizig nennen, doch Geld bekam man nur in Ausnahmefällen von ihr.

"Wie kommst jetzt darauf?" Sie konnte einem wirklich die beste Laune verhageln.

"Naja, als Arbeitsloser, vor allem arbeitslose Frau kriegst ja nur einen Bettel!"

"Hat sich das schon bis ins Altersheim herumgesprochen?"

"Ja, die eine Pflegerin war früher so eine Kursleiterin, ist aber von einem renitenten Arbeitsscheuen angegriffen und gewürgt worden. Und das für nur 9Euro30 die Stunde. Daher hat sie umgeschult, vor allem, weil Alte und Schwache sie nicht angreifen können, verstehst? ICH kann dir kein Geld geben, arbeit schwarz als Bedienerin!"

Eine alte Dame kam mit einem Rollator in den Aufenthaltsraum und näherte sich mir.

"SISSI?", fragte sie mich, scheinbar verwechselte sie mich mit jemanden aus ihrer Familie. Lustigerweise kannte ich sogar eine Sissi. Aus einem der AMS-Kurse, die war mir noch 13 Euro schuldig.

"Nein, tut mir leid, ich bin nicht die Sissi!", wehrte ich höflich lächelnd ab.

Die Oma bediente sich eines rüderen Tones: "Schleich dich und lass meine Enkelin in Ruhe!"

"Oma! Sei doch nicht so unfreundlich!", rügte ich sie sofort.

Die alte Dame ging wieder und murmelte: "Ich hab glaubt, es ist meine Nichte. Die ist schon so lang nimmer dagewesen."

Hm, dachte ich, immer, wenn ich herkomme, bin ich die einzige Besucherin...

Aber die jungen Verwandten hatten wohl andere Probleme, als sich um Alte zu kümmern.

"Ich war gestern bei einer Demo! Omas gegen rechts!", erzählte mir Oma und warf sich in Pose. Tief in ihr steckte ein rebellischer Geist.

"Hauptsache, du hast dich gut amüsiert!"

"Apropos amüsiert! Wie schaut's aus mit der Männerwelt? Hast endlich schon wieder einen, du Arme?" Das klang jetzt so, als würde ich dürstend durch die Wüste robben auf der Suche nach einem Kaktus, dem ich ein wenig von seinem Wasser absaugen dürfte.

Umso erfreuter kam ich zum Grund meines Besuches: "Ja, stell dir vor, gestern hab ich jemanden im Park getroffen."

"Des ist aber kein Renommee! Ich hab einmal einen Herrn im Park getroffen, der hat mir erzählt er ist Bankdirektor. Na, wir gehen ein Stückerl zusammen, da zeigt er auf eine freie Bank und sagt: siehst, des is meine Bank, wo ich Direktor bin!"

"Oma! Der feine Herr ist ein ganz lieber Mann, der mit mir lange geplaudert und mich ins beste Café der Stadt eingeladen hat."

"Hat er bezahlt?"

"Ja, er hat mich nicht mit der Rechnung sitzen lassen, wie du vielleicht jetzt glaubst. Herbert heißt er."

"Und mit Nachnamen?", forschte sie mit verengten Augen.

"Weiß ich nicht! Es war so, als ob wir uns schon ganz ewig lange kennen."

"Hat er eine Arbeit, eine Wohnung und ein Auto, dein Herbert?"

"Das hab ich alles nicht gefragt", gab ich ungern zu.

"Worüber habt ihr dann geredet?"

"Über dies und das."

"Dann is er verheirat, der Lump!", schimpfte sie gleich los.

"Geh, Oma! Er hatte keinen Ehering an!!"

"Na, eh klar, den hat er husch-wusch im Hosensack verschwinden lassen!", stichelte sie weiter.

"Ich hab ihm jedenfalls meine Handy-Nummer gegeben!", verriet ich ihr triumphierend.

"Na und er dir seine net?", konterte sie gleich.

"Das war eine komische Geschichte", gab ich zu, "er sagte, sein Handy wäre ihm in die Badewanne gefallen."

"So ein bleder Schmäh!" Ungläubig schüttelte sie den Kopf.

"Aber ausgesprochen originell, als er meinte, sein Fichtennadel-Schaumbad hat die komplizierte Technik darin erstochen, hahaha!", erinnerte ich mich seiner Worte.

"Über so einen Bledsinn kannst du lachen?", fragte sie fassungslosen Blickes. "Du bist leicht zu unterhalten!"

"Oma, du kannst einem wirklich die ganze Freud' verderben!", warf ich ihr an den Kopf. "Immer musst du mir alle madigmachen, scheinbar einem inneren Zwang folgend. Schon beim Hanse hast du mir gesagt: 'Den möcht' ich net amal als a Alte haben!'"

"Der hat auch eine Figur g'habt wie eine eing'haute Kellertür!", erinnerte sie sich spöttischen Blickes. "Außerdem leide ich nicht unter Zwang, sondern an der entsprechenden Lebenserfahrung!"

Sie musste immer das letzte Wort haben! Nach einer kurzen Schweigeminute konnte ich es mir nicht verkneifen, ihr eine Retourkutsche zu geben: "Du kannst froh sein, Oma, dass du schon jenseits von Gut und Böse bist und nimmer von den Männern angemacht wirst." So, dachte ich, das hat gesessen.

Da schaute sie mich an wie ein Autobus und erzählte mir: "Hast du eine Ahnung! Neulich setzt sich ein Insasse, so ein alter Krachzer neben mich, gefühlte 100 Jahr alt und fragt mich: 'Darf ich deine Hand halten?' Und bevor ich noch Muh oder Mäh sagen kann, packt der aufdringliche Schneebrunzer schon meine zarte

Hand zwischen seine groben Pranken, sodass ich geglaubt habe, ich bin in eine Bärenfalle geraten. Furchtbar!"

"Wirklich?", hakte ich leicht ungläubig nach.

"Ich schwöre bei allem, was mir heilig ist. Na, der muss wo ang'rennt sein, aber der größte Depp ist ein alter Depp! Was soll ich lang erzählen, ich wollte dem anlassigen Kerl ja gleich eine Watschen auflegen, doch ich kann doch nicht einen alten Mann schlagen. Also rief ich nach der Pflegerin und hab zu ihr gesagt, sie soll mir den Klammeraffen gefälligst wieder abschälen und dafür sorgen, dass er mich nie wieder belästigt, sonst kann sie gleich einen Sarg für ihn zimmern lassen!"

"OMA!", rügte ich sie wieder einmal. "So geht man doch nicht mit liebeslustigen alten Herren um, die sich ein bisserl eine menschliche Wärme holen wollen."

"Der Narrische soll sich doch auf die Zentralheizung setzen oder in ein medizinisches Institut gehen und sich dort ohne Öl massieren lassen, dann hat er durch die Reibung auch ein bisserl eine menschliche Wärme", gab sie kritisch wie immer bekannt.

Der Zivildiener kam mit einem Tablett herein, auf dem eine Tasse Kaffee und ein Teller mit einem Obstkuchen - vermutlich Marille - stand, grüßte mich artig und servierte den Imbiss meiner lieben Oma.

"Bitte schön, Frau Peinreich!"

"Ah, meine Jause!", freute sie sich und griff erfreut zum Marillenkuchen. "Und nehmen'S gleich das Gemüse da mit!" Dabei deutete sie auf meinen mitgebrachten Blumenstrauß. Offenbar waren ihr die Freesien zu billig und sie hatte sich von mir langstielige rote Rosen erwartet.

Mir schlief gleich das Gesicht ein, denn die Blumen hatten über fünf Euro gekostet, hätte ich gewusst, dass sie ihr nicht unter die Nase gehen, hätte ich welche vom Schwarzenberg-Platz, genauer gesagt, dem Russendenkmal gemopst.

"Jawohl!", sagte der zivile Befehlsempfänger und nahm die Vase samt meinen teuren Blumen mit. Ich hätte sie ihr ins Maul stopfen können!

Mampfend grummelte Oma: "Des Futter da herinnen ist nicht zum Genießen! Aber der Hunger treibt's runter!"

Typisch, dachte ich mir, wenn ich einmal froh bin, schafft es das alte Unikum, mich zu deprimieren.

Ärztemarathon

Mit meinen Befunden vom Labor musste ich nun wieder zum Neurologen gehen, dessen Sprechstundenhilfe mich sofort zu ihm weiterschickte: "Sie sind heute Vormittag die einzige. Sonst ist unser Wartezimmer immer voll mit Patienten."

"Ja, dank AMS-Maßnahmen haben Sie regen Zulauf. Ich hab mir oft gedacht, ich bin im falschen Land geboren. Und auch im falschen Körper."

"Wären Sie lieber im Körper eines Mannes?"

"Nein, aber im Körper einer reichen Frau!"

Beim Neurologen saß ich etwas nervös. Er studierte meine mitgebrachten Befunde mit nachdenklicher Miene, so als müsste er mir gleich eine schlimme Kunde geben.

"Sie haben jede Menge Knoten auf der Schilddrüse", eröffnete er mir und sah mich dabei an, als müsste ich bald sterben.

"Was man da so alles erfährt... Ich hätte das lieber nicht gewusst."

"So? Ihre rechte Karotis ist zur Hälfte zugeschwollen. Rauchen Sie?"

"Um Gottes Willen!"

"Um Gottes Willen ist keine Antwort. Ja oder nein ist eine Antwort." Sein Blick hätte mich leicht töten können.

Leicht ergrimmt erklärte ich ihm: "Ich bin schon militante Nichtraucherin, weil ich 18 Jahre mit vier Kettenraucherinnen in einem miesen Büro kaserniert war. Manche Menschen verfügen über derart selbstzerstörerische Ambitionen - einfach unglaublich. Eine dieser Luftverpesterinnen liegt mittlerweile auch schon am Zentralfriedhof, aber das reicht als Strafe nicht aus! Wenn ich könnte, würde ich sie wiederbeleben und sie müsste sich täglich eine halbe Stunde lang das Beuschel (wienerisch für die Lunge) aus ihrem verdörrten Körper husten!"

"Haben Sie öfters Gewaltphantasien?"

"Normalerweise nicht. Aber ich war so oft wegen den Nikotin-Weibern krank, entweder mit den Bronchien, weil es total verraucht war, oder wegen Halsentzündung und Husten, weil die Luftverpesterinnen bei Minusgraden das Fenster aufgerissen haben, da sie den eigenen Gestank nicht ausgehalten haben!!!"

"Gehen Sie mal zum Internisten. Der verschreibt Ihnen Blutverdünner, damit das Blut leichter durchfließen kann."

"Können Sie mir bitte einen Arztbrief schreiben, der mir Kursunfähigkeit attestiert? Bitte, das wäre sehr wichtig für mich!"

"Das könnte ich schon, aber es würde nix nützen. Die vom AMS akzeptieren das nicht mehr. Entweder Sie sind arbeitsfähig, dann sind Sie nach deren Ermessen auch kursfähig, oder aber sie sind es nicht, dann steht es Ihnen frei, um Frühpension einzureichen. Ich hab hier zufällig einen Antrag für Sie." Den händigte er mir aus.

"Nützt es etwas, wenn ich das mit den Befunden hier tue? Da in meinem Blutbefund stehen überall Sternchen wie am nächtlichen Himmel", beschwerte ich mich. Ein bisschen kannte ich mich ja schon aus, überall, wo ein Sternchen stand, stimmte mit den Blutwerten was nicht. "Meine Lymphozyten gehen mir aus.

Ich hätte doch, hier steht es ja, 1500 mindestens haben sollen, wie da in der Klammer vermerkt, und habe aber nur noch 1100!"

"Das ist doch nur eine minimale Abweichung", tat er das einfach ab.

Tsiss, ich glaubte mich verhört zu haben, ein Manko von 400 Einheiten bezeichnete der Alte als minimal, ich verstand unter minimal was andres, z. B. eine Abweichung von vier oder sagen wir 40 Einheiten, aber doch niemals 400! Da fiel mir doch sofort die passende Analogie ein.

"Herr Doktor", sagte ich also leicht erbost, "wenn ich bei Ihnen Schulden in der Höhe von 1.500 Euro habe und ich zahle Ihnen nur lumpige 1.100 zurück, sagen Sie dann auch zu mir: das ist ja nur eine minimale Abweichung, behalten Sie den Rest?"

"Das ist ja ganz was anderes!", brummte er nur.

"Also kann ich jetzt mit meinen Befunden um die Frühpension einreichen, mit Erfolg meine ich?"

"Ich glaube kaum, aber Sie können es ja versuchen! So können Sie etwas Zeit gewinnen, bis die Kurse für Sie wieder losgehen."

"Sie meinen die Kursfolter!", korrigierte ich ihn und sah ein, dass ein weiteres Gespräch zwecklos war. Der würde seinen Befund mir zuliebe nicht so schreiben, dass er mir gar den Weg in die verdiente Frühpension damit ebnete....

Na, das waren miese Neuigkeiten. Ach, kaum stellte sich mal sowas wie Lebensfreude bei mir ein, kam immer so ein Hammer, der mir wieder alles vergällte. Es war zum Verzweifeln...

Auf der Heimfahrt in der Straßenbahn fiel mir eine aktuelle Tageszeitung in die Hände. Wenn man so die Zeitung las, erfuhr man immer wieder etwas Überraschendes: Laut einer wissenschaftlichen Untersuchung des deutschen Arztes Dr. Harald Kamps benötigten 900 von 1000 Menschen mit gesundheitlichen Problemen gar keinen Arzt - Stichwort Selbstheilungskräfte des Körpers - diese 900 Betroffenen könnten ihr Problem auch selbst lösen. Es ist daher ratsam, stand da zu lesen, jede ärztliche Inanspruchnahme im Vorhinein auf ihre

Notwendigkeit zu hinterfragen, na sieh mal einer an. - Dabei fiel mir auch ein TV-Interview mit einem renommierten Psychiater ein, der meinte, bei Doppelblindstudien immer eine Vergleichsgruppe mit Menschen, die keine Medikamente bekommen, zu benötigen. Das wären aber harte Zeiten für diese Unbehandelten, meinte der Interviewer. 'Aber das ist doch gar kein Problem', antwortete der gute Doktor nonchalant!!! - Ja, für ihn natürlich nicht! Diese Psycho-Klempner hatten es wirklich faustdick hinter den Ohren.

Daheim angekommen ging ich zu Rudi, der ziemlich zerzaust am Spriesserl saß und wunderte mich: "Rudi, du hast ja gar nix gefressen! Was hast du denn? ACH! Jetzt kann ich mit dir zum Tierarzt auch noch gehen!"

Mit Rudi im Käfig saß ich alsbald zwischen andern Tierhaltern und deren maroden Schützlingen im vollen Wartezimmer der Tierarztpraxis. An der Wand hing ein Foto eines toten Elefanten, dem die Stoßzähne fehlten. Darunter stand: IHM KANN ICH LEIDER NICHT MEHR HELFEN! ABER SIE MIT IHRER SPENDE GEGEN WILDEREI AN DIE **Vier Pfoten!**

Eine wartende Dame mit Katzenkorb erkundigte sich: "Was hat denn Ihr Vogerl?"

"Appetitlosigkeit!"

"Das hat meine Katze auch. Und da ich einen goldenen Ohrclip vermisse, habe ich zuerst angenommen, sie hat ihn gefressen und er hat ihr den Mageneingang verlegt. Und dann würgt sie so ein Teil heraus, ich glaub, das ist eine Niere von ihr", behauptete sie und zeigte ein Plastiksackerl mit einem Speiballen her, "schauen Sie sich das an."

"Das sieht mir eher nach einem Gewölle oder wie man das sonst nennt aus. Das ist ein unverdaulicher Haarklumpen, den die Katze im Laufe mehrerer Putzvorgänge im Magen ansammelt." Ursprünglich wollte ich ja feststellen: 'Dafür, dass Sie schon im fortgeschrittenen Alter sind, wissen'S erstaunlich wenig über Ihren Liebling.' Stattdessen fragte ich: "Wie lange haben'S denn den Stubentiger schon?"

Nachdenklich rechnete sie an den Fingern einer Hand ab: "Äh- drei, nein zweieinhalb Monate. Ich hab sie aus dem Tierheim gerettet."

"Sehr löblich! Wenn man ein Haustier hat, lebt man gleich viel gesünder. Schon beim Streicheln senkt sich der Blutdruck wohltuend. Das ist wichtig in unserer hektischen schnelllebigen Zeit!"

"Ahso? Ja, du bist ein reinliches Katzerl!" Fürsorglich beugte sie sich zu der Angorakatze im Transportkorb. "Gell, Mizzika?"

Ein stattlicher Herr im Steireranzug hielt einen Jagdhund - vermutlich Deutsch Drahthaar - an der Leine und mischte sich ein: "Da muss man aufpassen, dass man nicht geschröpft wird. Diese Tierärzte reden einem gern ein, dass die Viecher Krebs haben und dann verordnen sie einem eine sauteure Chemotherapie, obwohl die Todesspritze für das Viech viel gnadenvoller und schmerzschonender wäre. Und vor allem billiger!"

Die Katzenfrau meinte: "Ja, wenn man sein Tier liebt, dann zahlt man aber gern dafür."

Der steirische Herr protestierte lautstark: "NEIN! WENN MAN SEIN TIER LIEBT, DANN SCHLÄFERT MAN ES EIN!"

"Na, Sie sind mir ein Herzchen, mein Herr!",
sagte ich entsetzt, irgendwie erinnerte mich der
an meinen cholerischen Chef.

"Um ihm Schmerzen und sich Geld zu
sparen, ist das der beste Weg, glauben Sie mir,
liebe Frau!", erklärte er mir nun.

Die Katzenfrau mischte sich ein: "Da
bekomme ich ja Depressionen, wenn ich mit
Ihnen länger zusammen bin!"

Drauf fing der Mann mit Hund zu referieren
an: "Die Frage stellte sich auch den Experten, ob
es heute mehr Depressionen gibt als früher, oder
werden sie nur stärker pathologisiert? Die
Antwort ist, dass der herrschende
Perfektionismus den Arbeitern und Angestellten
eine 'cool Choice' vorgaukelt, sie aber aufgrund
ihrer eigenen Ansprüche an sich leichter in die
Depression abgleiten lässt, deren Ende oft ein
Burnout ist!"

"Hören Sie sich gern selbst beim Reden zu?",
erkundigte ich mich bei ihm.

"Ich bin eben ein gebildeter Mensch!",
verteidigte er sich. Der litt wohl an einem
Cäsaren-Komplex und war beim falschen Arzt.

"Ja, aber das müssen Sie doch nicht bei jeder sich bietenden Gelegenheit raushängen lassen!", bekrittelte ihn die Katzenfrau.

Die Praxistür öffnete sich und eine Tierärztin in einem weißen Mantel kam heraus. "Der Nächste bitte! - Hallo Anni, so ein Zufall!"

Da erkannte ich eine alte Kurskollegin: "Grüß dich, Ellen!"

Die Katzenfrau stand rasant auf: "Ich bin die Nächste!" Schon ging sie mit ihrem Käfig rein.

"Ja! Unser Herr Doktor ist auf Katzen spezialisiert." Ellen schloss hinter der Dame die Tür zu und führte mich weg. "Komm in das andere Zimmer!"

Also kam ich mit dem Vogelkäfig und dem maroden verstummten Rudi darin ins andere Zimmer mit. "So ein Glück, dass du schon einen Job hast. Aber sicher nicht wegen dem AMS-Kurs."

"Das ist nicht mein Job! Ich bin immer noch arbeitslos und volontiere hier nur dreimal die Woche. Nichtmal einen Kellnerinnen-Job hab ich bekommen." Der Frust war ihr wirklich deutlich anzusehen.

"Ja, richtig, du hast ja im Kurs erzählt, dass du acht Jahre als Kellnerin gearbeitet hast, weil du keinen Job in deinem Beruf gefunden hast."

"Ja, ich bräuchte Startkapital für eine eigene Praxis, aber woher nehmen und nicht stehlen."

"Es wird immer schwieriger. Mein Rudi macht mir auch Sorgen."

Mit skeptischer Miene sah sie ihn sich an. "Wie alt ist er denn?"

"10 Jahre."

"Dann geb ich dir den freundschaftlichen Rat, ihn einschläfern zu lassen. Sicher kann man ihm eine Appetitspritze geben, doch die hilft so alten Tieren nicht mehr. Tut mir echt leid!"

Schwer ausatmend nickte ich traurig. "Was bin ich dir schuldig?"

"Nix, wir Arbeitssuchenden müssen doch zusammenhalten! Übrigens, falls du auf der Suche nach einem Job im Call-Center bist, hab ich hier eine Adresse für dich." Lächelnd griff sie in ihre Manteltasche und gab mir einen Zettel. Wie der Zufall oft spielte, man bekam oft einen Tipp von unerwarteter Seite.

"Danke, ich werde gleich einmal dort vorbeischauen, das liegt sogar auf meinem Weg", erkannte ich bei einem Blick drauf.

"Alles Gute!", wünschte sie mir.

"Tschüss Ellen!"

Der Mann mit dem Pferdegesicht

In dem Call-Center mit vielen leeren Plätzen saß ich einem schwarzhaarigen, eingebildeten Oberlippenbartträger, Herrn Gmeiner, der tiefe gelbbraune Augenringe hatte, gegenüber.

"Also, Anni, wir sind hier alle per Du, ist das ein Problem für dich?"

"Nein", log ich, denn mit unsympathischen Leuten per DU sein wollte ich eigentlich nicht.

"Folgendes, du kannst bei uns bis zu 100 Euro pro Stunde verdienen. Es geht darum, Firmen anzurufen und ihnen Werbeflächen auf LKWs anzubieten. Eine Fläche kostet 2.400 Euro. Du bekommst eine Provision von 25 %. Wenn du also 6 Stunden telefonierst, bis du einen Kunden anwirbst, dann bekommst du 600 Euro, das sind dann pro Stunde gleich 100 Euro! Kapiert?" In dem Moment stand er auf, ging zu einem offenen Fenster und guckte raus. "Ich schau nur nach, ob so ein unnötiger Parksheriff kommt, weil ich steh mit meinem SUV genau vor der Haustür ohne Parkticket." Dann kam er wieder retour und setzte sich. "Also, was sagst dazu?"

"Was ist, wenn ich an einem Tag keinen Kunden erwische? Was kriege ich dann?"

"Na, gar nix! Suchst du den Pferdefuß?

"Ich glaub, das Pferd steht gerade vor mir und hebt den Schwanz. Aber ich lass mich nicht begacken!" Voll unterschwelliger Wut stand ich auf und ging zur Tür, drehte mich dann nochmals zu ihm um. "Und deine Augenringe deuten auf ein Leberleiden hin!" Dann rauschte ich energisch ab.

Dieser Gmeiner schrie mir in unberechtigter Erregung nach: "Mei Leber geht dich gar nix an! So eine eingebildete Funsen!!!"

Als ich aus dem Haus, in welchem sich dieses ominöse Callcenter befand, entfleuchte, sah ich den schwarzen SUV, welcher provokant in der Sonne glänzte. In einem Anfall von rachsüchtiger Bosheit entnahm ich aus meiner Handtasche einen Lippenstift und schrieb quer

über die Windschutzscheibe: BETRÜGER!!!!
Und als Draufgabe für die 'Funsen', schmierte
ich seine Motorhaube noch mit meiner
Sonnenmilch ein, denn das hinterließ unschöne
Flecken am Lack wie ich wusste, HÄHÄHÄ!!!

Dann spazierte ich gemächlich wieder im
Stadtpark herum, wartete inbrünstig auf
jemanden, der Herbert hieß, und der mir doch
erzählt hatte, dass er öfters hier um diese Zeit
am Tag herum zu flanieren pflegte, schaute auf
meine Armbanduhr, doch er kam leider nicht.
SEUFZ!

Eine alte Frau kam an seinerstatt angewackelt
und fütterte die zahlreichen Tauben, das missfiel
einem Waste-Watcher: "Hören'S endlich auf,
diese fliegenden Ratzen zu füttern, Frau!
TAUBEN SIND FLIEGENDE RATTEN!"

Den letzten Satz plärrte er ihr ins Ohr, da sie
sich taub stellte.

Daraufhin keifte sie ihn an: "Und wenn Sie
als Taube auf diese ungerechte Welt gekommen
wären??? Was dann??"

"Ich bin aber als Mensch auf der Welt und
erkenne mit großer Sorge, dass diese Viecher

mit ihrem zersetzenden Kot die Denkmäler beschädigen, daher verbiete ich Ihnen hiermit ausdrücklich bei Strafandrohung, die Rattenvögeln zu füttern!!!!", brüllte er sie an und sein Pferdegesicht entblößte eine Reihe großer Zähne mit denen er glatt die härtesten Walnüsse hätte knacken können.

Bei seinem Anblick fiel mir spontan der alte Spruch ein: Gott gibt die Nüsse, aber er knackt sie nicht!

"So ein Tierhasser!", stellte sie traurig fest und ging wieder ihrer Wege.

"Das hätten Sie der alten Dame auch freundlicher sagen können", redete ich dem Mann mit dem Pferdegesicht ins Gewissen.

"Die alte Hex' kommt jeden Tag her und trägt maßgeblich zur Vermehrung der unnützen Viecher bei, die uns die schönen Denkmäler vollscheißen! Was sollen sich die zahlenden Touristen über uns denken?"

"Sie sind sehr unfreundlich!", stellte ich sachlich fest.

"JA! Aus gutem Grund!", gab er an und galoppierte davon.

Solche Grantler sollte die UNO unters Weltkulturerbe stellen, da sie so bezeichnend für Wien sind, überlegte ich.

Kaum war er weg, kam wieder die alte Frau daher und fütterte ihre Täubchen weiter. "Ich lass mir doch von so einem jungen Dutter nix sagen!"

"Das versteh ich", meinte ich und ging betrübt heim.

An meinem wackligen Küchentisch mit dem bunten Wachstischtuch saß ich dann konzentriert und füllte das Antragsformular für die Frühpension aus, welches ich dann morgen persönlich bei der PVA abgeben wollte. Es war fast so, als würde ich mich schriftlich damit von meiner Jugend verabschieden. Dazwischen sah ich immer wieder auf den leeren Platz, wo einst Rudis Käfig stand. Was sollte ich bis morgen warten, ich beschloss einfach sofort das Formular abzuliefern und spazierte gemächlich durch den Gemeindebau, als ich Zeuge folgender Szene wurde: ein Anwohner türkischer Herkunft stand im Hof und weinte. Eigentlich habe ich selten einen Mann weinen gesehen.

Ein österreichischer Nachbar, auch ein wenig pferdegesichtig, kam zufällig dazu und fragte ihn warum er denn weint, drauf meinte der Türke: "Meine Frau tot!"

Und der Nachbar fragte verwundert: "Und deswegen weinen'S? Nach Ihrer Religion is doch a Frau gar nix wert."

Dem Türken versiegte der Tränenstrom wie einer abgedrehten Wasserleitung und er ging schweigend weg. Da kam eine tüchtige Hausmeisterin - sie trug ein schwarzes T-Shirt, auf dem mit weißer Schrift stand ARBEITEN BIS ZUM UMFALLEN - vorbei, die so wie ich die kleine Alltagsszene aus dem Gemeindebau mitbekommen hatte, und klärte den nun dumm dastehenden Nachbarn wie folgt auf: "Schauen Sie, der weint doch nicht, weil er die Liebe seines Lebens verloren hat, sondern die gratis Bedienerin. Weil jetzt muss er sich eine Putzfrau aus dem Osten suchen, die für lumpige sieben Euro die Stunde seinen Dreck wegputzt, denn eine Depperte, die es ihm gratis macht, so wie seine verstorbene Alte, findet der nimmermehr, so wie er ausschaut." Die Worte klangen rau, doch im Kern war sie ein weicher Mensch.

"Ja, höchstens so eine wie die Blauensteiner, die schwarze Witwe." Der Nachbar musste schadenfroh lachen. "Die ihre Männer alle vergiftet hat, hohoho!!!"

"Genau, und wenn Ihnen Ihr Auto gestohlen wird, weinen Sie doch sicher auch, oder?"

"Na und wie!", gab er nun sehr ernst zu. Ab und zu konnte ich ihn beim hingebungsvollen Polieren seines weißen Mercedes, auf dem man den Taubenkot nicht so sehr bemerkte, beobachten, da wurde gewienert und gewachst, dass es eine wahre Freude für Auto-Fans war.

Dann hat er sich noch freundlich bei der Hausmeisterin verabschiedet und schlich sich sicherlich zu seiner Heiligen Kuh mit dem Wunschkennzeichen 'Autolover 77'.

Die freundliche Hausmeisterin nickte mir zu und erklärte stolz: "Ich sag es ja immer: man muss es den stupiden Leuten nur nett erklären, dann verstehen sie alles!"

"Jaja", stimmte ich ihr automatisch zu. "Besser hätte ich es ihm auch nicht erklären können." Eigentlich hätte ich mich niemals eingemischt. Schweigen ist Gold!

"Übrigens, ich sammle Unterschriften gegen das hohe Verkehrsaufkommen in unserer Straße. Ich hab gestern die Lastwagen gezählt, die in einer halben Stunde an mein Fenster vorbeidonnern. Was glauben'S wie viele des waren?"

Schätzfragen mochte ich eigentlich nicht, weil ich oft weit danebenlag, doch ich riet einfach drauflos: "Hundert?"

"DREIHUNDERT!", kreischte sie mit angewidertem Gesicht los. "Davon der Mistkübelwagen gleich 25mal!"

"Naja", sagte ich. "Die müssen ihre Arbeitszeit halt im Fahren totschlagen."

"Ich will ein Fahrverbot für Schwerfahrzeuge erreichen. Um jeden Preis! Sogar wenn ich dafür bei diversen blöden politischen Parteien antichambrieren gehen muss. Unterschreiben'S mir auch, liebe Frau Millöcker?"

"Ja natürlich, ich komm dann später bei Ihnen vorbei", versprach ich, um die Sinnlosigkeit des Aufwandes schon im Voraus wissend, jedoch für mich behaltend und winkte ihr zum Abschied zu. Mein Handy läutete, ich hob ab und meldete mich, innig hoffend auf den Anruf eines bestimmten Herrn.

"Ja, bitte? ... Ach, Herbert! Wie schön, dass du dich meldest, weil in den Park konntest du ja nicht kommen... Huch, du bist im Spital?... Du meine Güte, das tut mir sehr leid. Ist es schlimm? ... Aha, Prostata, soll ich dich besuchen kommen?... Ja, gerne! Ich freu mich schon auf dich!"

Bis zur Besuchszeit blieb mir noch die Zeit, das ausgefüllte Formular abzuliefern und dann nichts wie zu meinem waidwunden Schwarm ins Spital!

Zeit des Weinens

Mit einer kleinen Pralinenschachtel näherte ich mich dem Spital - der Rudolfstiftung -, ein Hubschrauber landete gerade auf der Plattform am Dach und ich sah nach oben, wobei mir eine freche Taube auf den Trenchcoat kackte.

Angewidert putzte ich mir den Taubendreck mit einem Taschentuch ab. "Eins weiß ich: euch füttere ich nicht!"

Mein armer Herbert lag in einem Bett in einem Einzelzimmer. Na immerhin nicht auf dem Gang, dachte ich mir noch. Doch er rührte mich so mit seinem hilflos wirkenden Dackelblick, dass ich am liebsten gleich losgeheult hätte, verkniff es mir jedoch.

"Grüß dich, Herbert, du machst ja Sachen!"

"Anni! DU bist mein Trostpflaster!"

Das wollte ich nicht gerade hören. Mich nannte einst ein uralter Nachbar, der schon mit eineinhalb Beinen im Grab stand, seinen Sonnenschein, weil ich für ihn eingekauft hatte. Vererbt hat mir der Krauter allerdings nix, alles kriegte die Kirche! GRRR!!!

"Hier hab ich was Süßes für dich!", hauchte ich.

Herbert nahm erfreut die Schachtel und riss sie gierig auf. "Jö, dank schen. - Naja, was soll ich sagen, als Heimwerker hat man halt manchmal Pech!"

"Du sagtest am Telefon aber was von Prostata", erinnerte ich mich und setzte mich an seine Bettkante.

"Ja, als ich wegen einem kleinen Heimwerkerunfall (dabei zeigte er mir kurz seinen bandagierten Fuß) - mir fiel der Hammer

199

auf den Haxen - herkam, haben die Ärzte mir gleich eine solche Untersuchung eingeredet und jetzt hab ich den Salat!" Genüsslich aß er eine Praline, bot mir auch eine an.

"Danke, und wann wirst du operiert?", erkundigte ich mich, bevor ich mir die Praline in den Mund schob und sie mir auf der Zunge zergehen ließ.

"Als Privatpatient schon demnächst!", erklärte er mir zuversichtlich, mampfte weiter Pralinen. "Weißt eh, nur die Kassenpatienten - diese armen Teufeln - müssen monatelang auf einen OP-Termin warten und am Gang liegen! Ich kann dir nur empfehlen: lass dich auch zusatzversichern, meine Liebe. Da wird man dann wie ein Mensch behandelt net wie a Rind!"

"Meine Oma würde jetzt fragen: bist du gar ein Versicherungsmakler?"

"Nein!", mampfte er weiter. "Und? Was gibt es bei dir Neues?"

"Ach, mein Wellensittich, der Rudi, ist gestorben, das heißt eigentlich, ich musste ihn wegen Altersschwäche einschläfern lassen."

"Herzliches Beileid, Anni. Ich kenne einen Tierhändler, der ist allerdings auf Exoten spezialisiert. Willst eine Vogelspinne haben? Oder eine Schlange? Die kann ich dir billig besorgen!"

"Nein, vielen Dank, ich mag weder Insekten - mir reichen die Silberfische im Badezimmer - noch Reptilien. Aber mein Vogel wird mir fehlen."

"Immerhin hat er ja ein schöns Leben bei dir gehabt, nicht wahr, Anni?"

"Ja, das schon. Jedenfalls hat er immer fröhlich gezwitschert!"

"Hast du eigentlich Kinder? Die müssten ja ganz lieb sein, wenn sie nach dir kommen."

Er war ein Charmeur der alten Schule.

"Nein, ich äh- es hat sich einfach nicht ergeben." Dabei dachte ich an all die Macken, die meine Ex-Freunde hatten.

"Bei mir schon, aber die leben alle bei den Müttern."

"Aha, und wie viele sind es?"

"Eh nur viere. Die meisten schon erwachsen."

"Von vier Frauen?"

"Nein, von dreien, weil die andern waren auch unfruchtbar."

Nun sprang ich beleidigt auf: "Ich bin nicht unfruchtbar, ich wollte keine Kinder, weil ich sie mir nicht leisten kann."

"Sei doch nicht gleich so angerührt! Ich hab doch nur einen Spaß gemacht. Haha!"

Also setzte ich mich wieder. "Es ist leider so, dass es mir zurzeit eher schlecht geht, da bin ich wohl keine gute Gesellschafterin."

"Jeder hat einmal einen schlechten Tag oder eine schlechte Phase, das geht alles wieder vorbei, wirst schon sehen. Oh, die Schachtel ist schon leer! Egal, gleich gibt es Mittagessen. Und was wirst du heute speisen?"

Unentschlossen zuckte ich die Schultern. "Wahrscheinlich die Reste von gestern."

"Das lob ich mir, eine wiederverwertende Hausfrau! Schad, dass ich dich nicht schon früher getroffen hab, das hätte mir sicher viel Geld erspart..." Dabei lächelte er mich wohlwollend an. Ein Blick wie eine überfällige Seelenmassage.

Aus meiner Handtasche holte ich einen Brief und zeigte ihn ihm. "Hab ich gestern im Postkasten gehabt. Von einem Notar, der mich heute Nachmittag um Punkt 17 Uhr in sein Büro bestellt hat."

"Ist die Post bei euch so langsam?"

"Nein, ich glaub, der Notar will mir etwas Schlimmes schnell verklickern. Wenn ich nur wüsste, was." Kopfschüttelnd packte ich den Brief wieder in meine Tasche.

"Tja, da wird dir wohl oder übel nix andres übrigbleiben, als dich dorthin zu bemühen."

"Leider. Ich wäre gern noch bei dir geblieben", versicherte ich ihm und stand schon auf. „Aber dem Ruf eines Notars sollte man augenblicklich folgen. Wahrscheinlich sind es schlechte Nachrichten…"

"Mach dir nix draus und vor allem um mich keine Sorgen. Die Krankenschwestern hier sind sehr liiieb! HAHA! War nur Spaß!"

Auf dem Weg zu diesem Notar namens Niedernagl in der Himmelpfortgasse, wohin ich immer als Kind meine Briefe ans Christkind adressierte, spielte ich alle möglichen Szenarien durch, weshalb er mich wohl zu sich bestellt haben könnte. Sicher nicht wegen meiner etwas rüden Aussprache mit der Drachenlady, der bösen AMS-Abteilungsleiterin, oder doch?

Kurz darauf saß ich also bei diesem Notar Dr. Niedernagl in dessen Kanzlei und weinte bitterlich.

"Herzliches Beileid zum Tod Ihrer Frau Mama, aber soviel ich weiß, haben Sie sich mit ihr ja nicht so gut verstanden."

"Deswegen habe ich sie dennoch gerngehabt. Auch wenn sie eine schwierige Person war", schluchzte ich. Allerdings stimmte es schon, wir zwei konnten nur schwer miteinander auskommen. Die ganze Erziehungsarbeit hatte einst meine Oma übernommen. Die hatte allerdings auch eine Menge mehr Erfahrung als meine zu junge Mutter.

"Ja, sie war eine sparsame Person. Aber immerhin hat sie Ihnen etwas hinterlassen", kündigte er mir an.

Überrascht schniefte ich in mein Taschentuch. "Wirklich?"

„Natürlich!"

Ich konnte es nicht fassen, hätte mir eher erwartet, dass sie mich enterbt hat und alles dem Tierschutzverein oder sonstigen Wohltätern vermacht.... War ich nun gar eine reiche Frau und konnte mich ENDLICH vom Sch...-AMS abmelden???

"Den Pflichtteil. Ich lese Ihnen mal das Testament vor, das sie eigenhändig im Beisein zweier Zeugen vor mir gemacht hat." Nun setzte er sich feierlich die Brille auf und las: "Anni, du warst ein sehr störrisches Kind, dessen Erziehung mir nicht immer leichtfiel! Du warst immer sehr leicht beeinflussbar und in der Pubertät ziemlich aufsässig! Darum wollte ich dich öfters enterben, brachte es aber nicht übers Herz. Du sollst trotzdem den Pflichtteil haben, den dir mein Notar, Herr Dr. Niedernagl, (er hob kurz den Zeigefinger hoch) auszahlen wird. Das Haus in Vorarlberg, in dem ich bis zu meinem Tode wohnen durfte, gehört ja meinem Ex-Mann, deinem Stiefvater, den du nie leiden mochtest, wodurch du sowieso keinen Anspruch darauf hast. Das Auto, das ich bis zuletzt nutzte, gehört ihm ebenfalls. Mein ganzes Geld ging für die Erhaltung meiner Gesundheit drauf, um die du dich ja nie gekümmert hast."

Ich schüttelte traurig den Kopf: "Das ist nicht wahr. Ich hab ihr unzählige Male gesagt, sie soll zu rauchen aufhören!"

Dr. Niedernagl las weiter: "Nach Abzug der Begräbniskosten, an denen ich nicht sparen wollte, bleiben noch 473 Euro und 98 Cent übrig. Meine Kleidung bekommt die Oma, da sie dir sowieso nicht passen würde, weil du zu dick bist!"

Da musste ich sogleich protestieren: "Ich bin nicht dick! Sie war untergewichtig!!! Mich wundert überhaupt, dass sie so alt wurde, bei ihrem immensen Nikotinverbrauch!!!"

"Für Ihre Frau Mama, die stets 49 Kilo bei 1,68 Meter wog, waren Sie aber dick!", behauptete der Rechtsverdreher stur wie ein Bock. "Sind Sie eine Frustfresserin oder warum haben'S so zugenommen?"

"Vielleicht, weil meine Mutter mich nach dem Motto erzog FRISS VOGEL ODER STIRB!"

"Sehr aufschlussreich! Soll ich weiterlesen?"

"Ja, bringen wir es hinter uns!" Nun musste ich die Tränen der Wut unterdrücken.

Niedenagl las weiter: "Ich möchte dir nur sagen, dass ich es sehr verletzend empfand, dass du dich nicht um mich gekümmert hast und wegen eines kleinen Streites jahrelang überhaupt keinen Kontakt zu mir wolltest."

"Das stimmt doch überhaupt nicht! Ich habe erstens den Streit gar nicht angefangen, und habe zweitens x-mal angerufen, aber immer nur ihren Anrufbeantworter oder die Mailbox erreicht!"

"Mir müssen Sie das nicht erzählen. Sprechen Sie es bei nächster Gelegenheit ins geschlossene Grab, wenn Sie mal nach Feldkirch in Vorarlberg kommen! So, hier zahle ich Ihnen nun auf Wunsch Ihrer Mutter das geerbte Geld aus!" Er tat es auf Heller und Pfennig, d.h. auf Euro und Cent.

Das Geld lag irgendwie anklagend da.

"Muss ich dafür gar keine Erbschaftssteuer zahlen?"

"Sparen Sie sich Ihren Sarkasmus, der ist ganz und gar nicht angebracht. Unterschreiben Sie mir den Erhalt Ihres Erbes und verprassen Sie es nicht gleich."

"Hat das meine Mutter auch in Ihr Testament geschrieben?"

"Nein, das ist nur ein wohlgemeinter Rat von mir! Und zwar ein kostenfreier!"

"Oh, danke vielmals!", sagte ich und unterschrieb, nahm den ganzen Erb-Zaster und verabschiedete mich schnell. Zwar nicht reich an Geld, doch immerhin an Erfahrung...

Von Pelzen und Faulpelzen

Im Altersheim führte mir die Oma dann die von meiner Mutter geerbten Pelzmäntel vor.

"Der Nerz passt mir sogar sehr gut, dir wäre er zu eng." Prüfend schaute sie mich von oben bis unten an und befand: "Viel zu eng."

Missmutig verzog ich das Gesicht: "Ich hab die Mutti nie verstanden, hungert sich runter aufs Idealgewicht und zieht dann Mäntel an, die sie gleich um zwanzig Kilo dicker aussehen lassen."

"Das klingt ein bisserl neidig, schlürf halt deine Suppe mit einer Gabel, dann nimmst auch ab und wirst so schlank wie ich! Aber Neid muss man sich hart erarbeiten und Mitleid kriegt man geschenkt!"

"Ich bin dir doch nicht neidig, Oma!",
offenbarte ich ihr mit verdrehten Augen.

"Ach, hab ich mich da verhört bei deinem
Unterton?"

"Nein, ich freu mich natürlich für dich. Und
wohin wirst du den Nerz zuerst ausführen? Ins
Theater oder in die Oper?"

"Wahrscheinlich geh ich zu einer Aufführung
an die Burg, weil mich die eine Pflegerin dazu
eingeladen hat. Ihre Tochter spielt nämlich mit."

"Das ist aber schön." Eine Assoziation zu
meinem ursprünglichen Berufswunsch drängte
sich in meine Gedanken: wie gern wäre ich
Schauspielerin geworden und könnte statt der
Tochter dieser Pflegerin in einem Theaterstück,
vielleicht sogar einem von der Jellinek auftreten,
auch wenn eines ihrer Stücke in einem
Autobahn-WC spielt...

"Finde ich auch! Du bist ja so gar nicht
kunstinteressiert."

"Ich schau mir im Fernsehen immer das
Kulturprogramm an, wenn es dich beruhigt."

"Du? Wirklich?", forschte sie ein wenig
hämisch.

Eine alte Dame mit einem Stock gesellte sich jetzt zu uns und stellte sich neben mich. "Ist das eine Lederjacke, die Sie da anhaben?" Sie deutete mit ihrem Stock drauf.

"Ja. Aber nur Kunstleder!"

"Mein Sohn hat auch so eine. Der alte Depp ist schon 48 Jahre alt und zieht sich immer noch so jugendlich an", meinte sie und ging wieder.

"Der ihr Sohn hat sie noch nie besucht!", wusste die Oma.

"Vielleicht existiert er ja nur in ihrer Fantasie", schätzte ich.

"Oder er is vor ihr gestorben. Weil junge Leut' können ja auch sterben!", sagte sie und sah mich dabei bedeutungsschwanger an.

"Sag einmal, Oma, die Mutti hat doch so viel Schmuck gehabt."

"Ja, die hat sich von ihren Männern immer beschenken lassen. Die war net so blöd wie du! Du hast ja immer nur draufzahlt!"

Leicht genervt atmete ich tief durch: "Und wo ist der Schmuck jetzt?"

"Versetzt! Im Dorotheum!"

"Warum? Hatte sie Schulden?"

"Nein, aber sie wollte wohl nicht, dass ihr Schmuck in die falschen Hände kommt." Bei dem Satz hob sie schelmisch die Augenbrauen und verzog die Mundwinkel.

"Oma, du bist ekelhaft! Wie kannst du mir durch die Blume sagen, dass ich den Schmuck der Mutti nicht wert bin???"

"Weils wahr ist!" Sie zog sich einen Fuchsmantel an.

"Und was ist mit dem Geld passiert, dass die Mutti für ihren Schmuck bekommen hat?"

"Was weiß ich, wahrscheinlich hat sie es dem Tierschutzverein gespendet oder verprasst!" Mit dem Fuchsmantel stolzierte sie im Aufenthaltsraum vor mir herum. "Ui, der ist schön flauschig. Fühl doch amal!"

Widerwillig fasste ich das tote Tier an meiner Oma an. "Ja, ich kenne und missbillige Raubtierpelze!"

"Geh red keinen Blödsinn!"

"Aber er passt sehr gut zu dir! Sogar ausgezeichnet, dieser hinterlistige Raubpelz!"

"Net frech werden, Anni, sonst enterbe ICH dich!"

Auf dem Heimweg in der Straßenbahn ließ ich die letzten Jahre mit meiner Mutter Revue passieren, sie waren wirklich nicht schön und von mitunter lauten Streitgesprächen geprägt. Bei jeder Station dachte ich mir, muss ich meinen Frust aussteigen lassen, sodass ich sorgenfrei und ohne irgendwelche Schuldgefühle in meine Wohnung zurückkehren kann....

In der Pensionsversicherungsanstalt saß ich anderntags im großen Warteraum und wartete, bis ich endlich vom Arzt zur Untersuchung aufgerufen wurde, mein Formular hatte ich ja schon Tage davor abgegeben. Meine Befunde trug ich in einer Mappe mit mir.

Dann erscholl die tiefe Stimme des Arztes über die Sprechanlage: "Frau Anni Müllacker äh-Millöcker, Zimmer 16!"

Mulmigen Gefühls stand ich auf und ging in das Zimmer 16 rein. "Guten Tag, Herr Doktor!"

"Tag!" Sehr lustlos und desinteressiert saß, bzw. lümmelte er an seinem Tisch und blätterte meinen Antrag durch, so wie man die Tageszeitung durchblättert.

Augenscheinlich war der gute Mann noch weit von der Pension entfernt und schien nicht sehr gewillt zu sein, andere dorthin zu schicken. Irgendwie hatte ich das Gefühl, dass er sich ärgerte, hier im Staatsdienst gelandet zu sein, anstatt eine eigene Ordination mit vielen Patienten sein Eigen nennen zu dürfen.

"Frau Millöcker, was machen'S denn den ganzen Tag?" Irgendwie spöttisch schaute er mich grinsend an.

"Ach, was man halt so macht. Zeitunglesen, Spazierengehen, meine Oma im Altersheim besuchen. Ich spüre bei mir auch schon erste Verschleißerscheinungen!" Dabei griff ich mir demonstrativ ins Kreuz, wo es mich manchmal echt bei längerem Sitzen schmerzte.

"Waren Sie schon einmal in der Psychiatrie?"

"Nein! Obwohl ich Depressionen habe und Knoten auf der Schilddrüse und meine Karotis ist auch zugeschwollen. Ich habe die Befunde dabei."

Schon packte ich den Wust aus Papier aus.

Wenig interessiert schaute er nur kurz drauf, sprach dann in sein Diktiergerät: "AC altersentsprechend, Karotis zu 50 % verengt." Dann wandte er sich mir wieder zu. "Haben Sie soziale Kontakte?"

"Wenige, ich habe mehr Ärzte als Freunde!" Eigentlich eine sehr traurige Erkenntnis, kam mir nun plötzlich in den Sinn.

Der Arzt sprach wieder in sein Diktiergerät: "Ist kooperativ und hat soziale Kontakte. - Und Sie waren noch nie in der Psychiatrie?"

"Nein, noch nicht, aber viel fehlt nimmer! Die Kurse und die Coachings vom AMS sind derart demoralisierend und deprimierend! Man kommt sich richtig verhöhnt vor! Man wird richtiggehend herabgewürdigt und hinterfragt den Sinn des Lebens. Da kriegt sogar der stärkste Mann eine Depression, glauben Sie mir, Herr Doktor!"

"Danke, Sie können gehen."

Z, warf mich schon nach höchstens fünf Minuten wieder raus, der belämmerte Knilch.

"Wollen Sie noch das in der Einladung beigelegte, ausgefüllte Formular mit meinem

Krankheitsverlauf?", fragte ich ziemlich irritiert, denn die Kürze meines Aufenthaltes bei ihm bedeutete, dass er wohl bezüglich der Rentenzuweisung ablehnend reagieren würde.

"Nein, ist nicht nötig! Auf Wiedersehen!"

Etwas konsterniert verließ ich die kleine Ordination und dachte mir, der ist nur zu faul, um mich richtig zu untersuchen, will wahrscheinlich weiter den Büroschlaf des Ungerechten ausüben.

Seltsam, was einem nach einer solchen Begegnung mit einem stinkfaulen Akademiker einfiel, eine Assoziation zu einem faulen Partner, nämlich meinem Ex, dem Hanse! Nur bei seiner Mami, da arbeitete er so fleißig als stünde er im Akkord am Fließband. Da stand ich nun also an der Bus-Haltestelle und was fiel mir ein? Ein verhinderter Besuch am Opernball, für den mir die Oma in einem Anfall von Großzügigkeit zwei Karten geschenkt hatte. Der liebe Hanse wollte sich für den Ballbesuch noch die Ohren putzen und schaffte es, sich mit dem Wattestäbchen das Trommelfell zu verletzen. So ein Depp! Leider nicht der Johnny Depp, denn Hanse sah eher Woody Allen ähnlich, also einem Röntgenbild von einem Mann. Der berühmte Wiener Faschingsausklangs-Ball war damit auch für mich gelaufen, denn wir saßen zwei Stunden in der Ambulanz des AKHs, wobei nach einer Stunde noch seine Frau Mama zu uns stieß. Die alte Schabracke hätte ich gern mit einem Faust-Bussi begrüßt.

Ohne mich eines Blickes zu würdigen stürzte sie sich auf ihn, als läge er schon in den letzten Atemzügen. "Was ist denn mit dir passiert?"

Die Frage hätte sie sich sparen können, denn am Telefon hatte ich ihr auf seinen Wunsch hin noch genau sein Verhängnis erklärt, sowie unseren Vorsatz mit dem Taxi anstatt zur Oper ins AKH zu fahren.

Dann sagte dieser Iokaste-Verschnitt tatsächlich zu mir: "DU kannst ja allein auf den Opernball gehen, wenn du kein Herz für meinen Sohn hast!"

Was sollte ich daher andres tun, als brav und still mitleidend neben Hanse plus seiner dominanten Erzeugerin auszuharren, bis er endlich drankam. Danach ist ihm die Lust auf ein solch hochgesellschaftliches Ereignis logischerweise abhandengekommen. Mir übrigens auch, was sollte ich auch allein in dem Gedränge, welches dort in der Oper am einzig gewinnbringenden Tag des Jahres stattfand, anfangen?

Was soll ich noch weitererzählen, das Ballkleid hängt heute noch unbenutzt in meinem Kleiderkasten, wobei ich ehrlich zugeben muss: es war mir schon damals viel zu eng...

So was wie Spaß

Daheim wollte ich mir ein Käsebrot zubereiten, doch da starrte mir ein weißes Pferd entgegen - das Brot war schimmlig geworden. Naja, dachte ich, macht auch nichts, denn ich bin ja leider nicht untergewichtig, also verzichte ich auf mein tägliches Brot. Ich wollte mich mit was anderem beschäftigen, doch dann fiel mir plötzlich - welch ein komischer Zufall - das Neuerdberger Kirchenblatt, eine Zeitung, die meine Nachbarin immer ungelesen auf den Postkasten legt und ich mir zwecks Lektüre nehme, in die Hände und ich las den Witz vom kleinen Fritz, der von der Lehrerin gefragt wird, warum wir um unser tägliches Brot bitten und nicht um unser wöchentliches, oder gar monatliches, und er meint: 'Weil es sonst schimmlig wird!' Das führte dann am letzten Blatt der kleinen Broschüre zu dem Gleichnis vom klugen Rabbi, der erklärt, warum den Israeliten täglich und nicht jährlich Manna vom Himmel fiel: 'Ein König gab seinem Sohn jährlichen Unterhalt und darum begrüßte der Sohn das Angesicht seines Vaters nur einmal im Jahr, da machte sich der Vater auf und setzte den Unterhalt des Sohnes täglich aus, worauf er täglich von ihm begrüßt wurde.' - Dankbarkeit ist eine Tugend, die man schnell vergisst, daher muss sie täglich geübt werden.

Aber genau, dachte ich und fühlte wie mein Magen knurrte, daher machte ich mich auf den Weg zum Supermarkt, wo ich gleich einen größeren Einkauf zu tätigen gedachte.

Unglaublich, aber wahr: dort boten sie seit neuestem sogar Insekten wie Heuschrecken, Heimchen und was weiß ich noch alles für Ungeziefer an. Pfui Spinne, das würde ich mir nicht einmal knapp vor dem Hungertod einverleiben. Vor allem nicht für den stolzen Preis, aber egal, ich schnappte mir meine übliche Futter-Ration wie Milch, Butter, Joghurt, Schokolade, Pudding, Brot, Wurst, Fleisch und fertig!

Nach meinem wöchentlichen Großeinkauf traf ich unverhofft Trudi auf dem Parkplatz vor dem Supermarkt wieder. Erneut nur ein Zufall, fragte ich mich, oder haben all diese unverhofften Begegnungen eine tiefere Bedeutung.

Fröhlich winkte sie mir zu. "Da schau her! So ein Zufall, dass wir uns schon wieder über den Weg laufen." In ihren Kombi hatte sie gerade ebenfalls eine Fülle köstlicher Waren eingeladen.

"Ja, ich wollte mir nur das Nötigste einkaufen, weil mir fehlt der Appetit in meiner derzeit üblen Lage."

Prüfenden Blickes guckte sich mich an. "Davon merkt man aber nix. Ich meine, du siehst jetzt nicht so schlecht aus."

Spielte die auf meine überzähligen Kilo an?

"Das erinnert mich an meine Mutter, die meinte, ich sei zu dick", fiel mir ein.

"Nein, also das kann man wirklich nicht sagen, eher mollig, also fraulich halt, so wie es die Männer eh gernhaben." Mit den Händen formte sie die Sanduhr-Figur.

"Ja, manche zumindest", bei der Gelegenheit fiel mir wieder mein Ex, der Hanse, das Muttersöhnchen ein.

"Du, da findet ein After-Work-Umtrunk für Best-Ager mit Speed-Dating statt, das würde dir guttun", munterte sie mich auf und gab mir einen bunten Einladungszettel mit der Clubadresse.

"Kommst du auch hin?"

"Ich weiß es noch nicht sicher, weil ich muss vielleicht Überstunden machen. Solche Probleme hast du nicht, gell?" Ihr Ausdruck schien eine Mischung aus Spott und Neid zu sein.

"Dafür andere, die ich meinem größten Feind nicht wünsche. Danke für die Einladung, ich glaube, ich muss mich wirklich mal wieder unter andere Leute wagen."

"Eben! Das wird dir sicher einen kleinen Vorwärtsschub geben! Tschau mit Au!", verabschiedete sie sich, stieg in ihren Wagen und brauste davon.

Daheim überlegte ich hin und her, telefonierte noch mit der Helene und dachte dann: also schlimmer, als es schon ist, kann's eh nimmer werden, daher werde ich dort in den Nachtclub gehen. Vor allem, wo ich daheim mutterseelenallein ohne meinen geliebten Rudi-Vogel noch Wahnvorstellungen bekommen hätte. Also raus ins Nachtleben! Schließlich und endlich hatte ich doch ein Recht auf ein bisserl Amusement in meinem katastrophalen Leben. Also raus auf die Piste ins nächtliche Gesellschaftsleben.

Gesagt, getan, in meinem roten Kleid mit High Heels trotzte ich meinem Schicksal der armen Loserin und ließ mir von der laut wummernden House-Music beide Gehörgänge volldröhnen. Ausnahmsweise hatte ich eine blonde Perücke aufgesetzt, denn meine dunkle Mähne hatte schon leichten grauen Nachwuchs und den wollte ich noch nicht nachfärben. Ist auch nicht gesund, sich so oft Chemie in die Haare zu schmieren.

Leider war ich zu früh dran, saß dort beim schon mittlerweile vierten Glas Gin-Fizz herum, als warte ich auf jemanden, der mich ansprach, und tatsächlich kam mir einer in koketter Absicht nahe.

Der gute Mann stellte sich als das typische Alpha-Männchen heraus, das beim Gehen O-Beine formte, um ein Gangbild zu prägen, das betont cool wirken sollte, extra zum Beeindrucken von paarungsbereiten Weibchen. Das konnte man eventuell vergleichen mit dem Balz-Gang einiger Tiere, die in Revierkämpfen mit Konkurrenten die erhabene Brust zur Schau stellten, während sie so breiteinig wie möglich einherschritten. Vermutlich verbrachte er jede freie Minute in einem Fitness-Center, um seine Muskeln, wie Bizeps, Trizeps, Wadenmuskeln, etc. aufzupumpen.

Wenn er wüsste, was Messungen ergaben, hielte er sich wohl zurück: Übertrainierte 35-Jährige erreichen oft nur einen Testosteronspiegel von eifrigen 80-jährigen Ausdauersportlern. Umgekehrt hatte mitunter ein 60-jähriger Ausdauersportler den Testosteronspiegel eines durchschnittlichen 30-Jährigen. - Aber das würde ich dem Kerl nicht verklickern, denn das wollte der ganz bestimmt nicht hören. Eher den Satz: Gehen wir zu dir oder zu mir??? Diesen würde er allerdings von mir nie zu hören bekommen!!!

"Bist du öfters hier?", fragte er mich in abgedroschener Weise.

Typisch, ein Blondschopf schien ein Magnet für alle notgeilen Primaten mit Hang zur Zwangsbelustigung zu sein.

"Nein, zum ersten Mal!", zirpte ich und strich mir eine Perücken-Strähne aus dem dezent geschminkten Gesicht. Dabei dachte ich mir schon: jetzt wird er dich gleich totquatschen.

"Aha, na dann viel Spaß noch!", wünschte er mir und verschwand, was mir auch nicht so recht war.

Warum hatte sich der Eierbär so schnell zurückgezogen? Hatte er gemerkt, dass ich nur eine blonde Perücke trug und keine echte Blondine war? Hatte er trotz schlechtem Licht mein Alter erraten? Hatte er eine originellere Antwort auf seine dämliche Phrase erwartet? Warum fragte ich mich das alles überhaupt, wo der Affe sowieso nicht mein Typ war...

Aber zur Not hätt' ich ihn sogar genommen!

Einige Leute tanzten wild, die andern standen fadisiert an der Bar herum. Die Zeit verging und eine Animateurin tauchte auf, die in der

Einladung auch aufschien. Irgendwie kam sie mir vor wie eine Hysterikerin mit ADS.

Unvermittelt kreischte sie los: "So Freunde! Mir nach!!! Alle zum Speed-Dating Platz nehmen!" Mit nach oben ausgestreckten dünnen Ärmchen fuchtelnd tänzelte sie schon voran.

Einige Leute und ich folgten ihr willig in einer Art Polonäse (von mir aus auch Prolonäse) nach hinten, wo die Musik nur noch leise zu hören war und besetzten die freien Tische. Fast wie abgesprochen immer paarweise. Mein Sitzpartner sah ganz nett aus, wobei ich nicht meinte: Nett ist die kleine Schwester von Scheiße. Denn er wirkte wie ein Intellektueller, fein gekleidet und eine Rolex am Handgelenk, was nicht meiner Liga entsprach.

"So Freunde! Jeder sitzt also mit einem Gesprächspartner oder -IN z'sammen und kann zwei Minuten reden, dann pfeife ich (nun zückte sie eine Trillerpfeife wie ein Schiedsrichter) und die Männer tauschen die Frauen, bzw. die Plätze! (sie schaute auf ihre Stopp-Uhr, wartete und schnippte mit dem Finger) LOS!"

Also begann ich das Gespräch: "Äh- ich mach sowas zum ersten Mal."

"Ich bin der Bruno und arbeite in einem Architekturbüro und du?"

"Ich bin die Anni und arbeite äh- momentan nicht."

"AMS?", traf er genau ins Schwarze.

Traurig nickte ich: "Leider!"

"Mach dir nix draus, das geht vorbei. So wie beim Witz mit den Homo Sapiens."

"Den kenn ich gar nicht."

"Zwei Planeten treffen sich, sagt der eine zum andern: Ich bin krank, hab Homo Sapiens! Drauf der andre: Mach dir nix draus, des geht vorbei! Hahahaaa!" Der kriegte einen Lachkrampf.

"Der ist gut!", log ich und lachte gezwungen mit.

PFIFF - Die Männer tauschten Plätze in einem Super-Tempo.

"Hallo, mein Name ist Kuno und ich bin Mittelalterfan, willst du mein Burgfräulein sein?" Ein Antrag, den ich auch noch nie bekommen hatte. Der Kerl Kuno sah richtig knuffig aus mit seinem braunen Spitzbart und einem Jute-Hemd. Um die Hüften hatte er sowas wie einen Gurt, an dem wohl beim Rollenspiel Pfeil und Bogen oder Armbrust hingen.

"Ja, warum nicht! Ich bin die Anni! Hast du eine Burg?"

"Nein, aber ein altes Gartenhäuserl, da bräuchert ich noch wen, der mir beim Umbau helfen tut. Ich kann am besten Bierkisten stemmen. Bist du handwerklich geschickt?" Nun kam der Prolet in ihm zum Vorschein, der eine willige (billige) Arbeitskraft für seine verfallene Schrebergartenhütte suchte.

Schnell schüttelte ich den Kopf, wobei mir fast meine Perücke weggeflogen wäre. "Bedaure, hab zwei linke Hände von Geburt an!"

Da bemerkte er etwas enttäuscht: "Dabei siehst du echt kräftig aus!"

PFIFF - Die Männer tauschten wieder Plätze.

"Hallo, ich bin der Kurt und am besten hat mir dein Hintern gefallen", eröffnete der nächste das Gespräch. Sein feistes Gesicht ging in einem dreckigen Grinsen noch mehr auf und sein Schnurrbart, vulgo Sexualbürstchen, sträubte sich.

"Soso", sagte ich, verengte meine entzündeten Äuglein und hätte am liebsten gesagt: Mein Hintern gackt auf dich! Oder: Bist beruflich Zuhälter? Doch freundlich wie ich war, stellte ich klar: "Du bist wohl von der schnellen Truppe, aber bei mir müssen die Männer schon warten, bis sie bei mir landen können."

"Ich bin ja auch bereit zu warten, aber es muss zumindest das drin sein, was Schulkinder tun!" An der Stelle machte er eine Kunstpause, ehe er fortfuhr: "Petting!" Mit seinen geilen Glubschaugen zog er mich förmlich aus und erklärte mir noch, was das Wort bedeutet.

Ich erwartete sehnsüchtig den Pfiff, denn mit einem notgeilen Sack, der einer Wildfremden ein Ultimatum stellte, wollte ich gar nimmer weiterreden. PFIFF!!!

"Servus, ich heiße Cedrik und komme ursprünglich aus Ostdeutschland."

"Ich bin die Anni, nicht eingewandert, sondern eine Urwienerin."

"Na, das macht ja nix." Scheinbar konnte er über solche Makel leicht hinwegsehen, der blonde Alt-Bubi mit einer Krawatte, auf der ein

Motiv von Klimt aufgedruckt war, wenn ich mich nicht täuschte 'der Tod und das Mädchen'. "Hauptsache, du bist gesund."

"Ja, das denk ich mir auch manchmal."

"Ein Ossi und eine Ösi! Ich bin Steuerberater!" Spitzbübisch zwinkerte er mir zu. "Und was machst du so beruflich?"

"Äh, also ich halte Kurse ab", sagte ich so, als würde ich es selber glauben und ordnete meine Perückensträhnen.

"Aha, als Fitness-Trainerin?"

"Nein, für das AMS."

Da verdrehte er die Augen und ließ einen folgenschweren Satz los: "Du meine Güte, ist das nicht schwer mit all den vielen arbeitsscheuen Parasiten?"

Draufhin explodierte ich leider und schrie erbost aus: "DORT GIBT ES KEINE ARBEITSSCHEUEN PARASITEN!!"

Leicht zuckte er zusammen und erkundigte sich misstrauisch: "Bist du eine Domina?"

Was soll ich den weiteren Abend noch beschreiben, er war ab diesem Zeitpunkt für mich gelaufen. Obwohl nachher noch ein abgehalfterter Fußballer, der mir die Abseitsregel erklärte, und ein verletzter Kranführer mit Höhenangst um mich buhlten. Also ich kürzte das ganze ab und trollte mich wieder heim. Nach diesem Debakel wollte ich nur noch ins Bett und wenn möglich nicht auch dort noch einen Albtraum erleben...

Morgengrauen

Im Bademantel mit dem Haarfärbemittel Rotbuche am Kopf stand ich noch etwas illuminiert von gestern Nacht am nächsten Morgen vor meinem Spiegel im kleinen Gemeindebauwohnungs-Badezimmer und putzte mir lustlos die noch echten Zähne. Obwohl hinten rechts unten sechs und sieben gaben schon Zeichen von Materialermüdung von sich und würden wohl bald ihre Amalgamplomben abwerfen. Von nebenan drangen laute Bohrgeräusche an mein noch von gestern beleidigtes Ohr und versetzten meinen ganzen Körper in Schwingung. Es fühlte sich fast so an, als hätte in meinem Mund schon der Zahnarzt seinen Bohrer eingeschaltet.

Also hörte ich mit dem Zähneputzen auf und klopfte gegen die Fliesen, wobei ich noch brüllte: "ACHTUNG! Sie kommen noch zu mir durch!"

Der Bohrlärm ging aber unvermindert weiter, bis schließlich ein Loch entstand, bzw. ruckartig aufklaffte und einige Mauerbrocken durch die kaputten Fliesen hinunter bröckeln. So, als würde die Wand kotzen!

Sogleich warf ich die Zahnbürste in hohem Bogen weg und rannte wie eine Wilde hinaus auf den Gang, bumperte vehement und zornentbrannt gegen die Nachbarstüre und trat auch noch mit dem Fuß dagegen: "VERDAAAAMMT!!!"

Ein Mann in verschmutzter Arbeitskluft öffnete und fragte mit halb geschlossenen Lidern: "Ja, was is?"

"DA FRAGENS NOCH SO BLÖD?? GRATULIERE ZUM DURCHBRUCH! HABEN SIE KEINE BAUPLÄNE???"

"Es gibt keine Baupläne! Wir müssen die Wohnung renovieren, bevor sie neu vermietet wird. Auftraggeber ist Wiener Wohnen!"

"AUCH OHNE PLÄNE MÜSSEN SIE
DOCH WISSEN, WIE DÜNN SO EINE
ZWISCHENWAND IM GEMEINDEBAU
IST!!! DA KÖNNEN SIE DOCH NICHT MIT
EINEM BOHRER WIE FÜR DEN U-
BAHNBAU RABIAT HERUMWERKEN!!!"

"Schreien Sie mit Ihrem Mann auch immer
so?", fragte der Kerl garniert mit einem
herausfordernden Blick auf meine Haarfärbung.

"GOTT-SEI-DANK, ICH HAB KEIN SO
EIN EXEMPLAR DAHEIM!!"

"Können Sie nicht normal reden?"

In gepresstem Ton verkündete ich: "Es wär
schön, wenn Sie normal arbeiten könnten!!!
Machen Sie sofort das Loch wieder zu! Und
schauen Sie nicht so langsam!!"

Der dreckige Handwerker glotze mich
verblüfft an, wich sogar einige Schritte vor mir
zurück und fragte: "Hat Sie ein Hund gebissen?
Ich glaub, Sie haben die Tollwut!" Dabei zeigte
er auf meinen Mund, aus welchem mir
unvermutet Zahnpasta-Schaum entwich.

Ich wischte mir schnell den Schaum vom
Mund und erklärte: "Ich war grad beim

Zähneputzen, als Sie mir die Wohnung ruiniert haben!"

"Und was soll ich jetzt machen?"

Eine selten blöde Frage von einem Handwerker.

"Ihren Job!", klärte ich ihn auf. "Machen Sie mein Loch wieder zu!!!!"

"Das kann ich nicht, weil ich nur Elektrikergips dabeihabe, ich werde aber einen Maurer verständigen!"

"Ja, wenn's geht, dann heute noch!!! Weil ich hab Weihnachten was vor!" Voller Hass auf Gott und die Welt eilte ich zurück in meine Wohnung und knallte die Tür hinter mir zu, dass es nur so schepperte. "SCHEISSE!!!"

Um meinen Frust abzuladen, rief ich Wiener Wohnen an, eine Hotline, bei welcher immer Neulinge als CC-Agenten agieren dürfen: "Hallo, mein Name ist Anni Millöcker und ich wurde soeben durch meine Badezimmerwand mit einem Bohrer bedroht!"

"Moment, ich muss Sie erst suchen..."

Das dauerte gefühlte zehn Minuten.

"So, jetzt habe ich Sie, Frau Müllacker, welches Problem darf ich für Sie protokollieren?"

"Sie sollen weniger protokollieren, als fähige Handwerker beauftragen, keine solchen Pfuscher, wie sie nebenan herumfuhrwerken!", keifte ich in meinen Festnetz-Apparat.

"Ich kann leider nur alles protokollieren, was Sie mir sagen", piepste diese androgyne Stimme.

"Na hoffentlich müssen Sie nicht einmal meinen Tod protokollieren, Herzinfarkt infolge erhöhten Stresses in einer miesen Gemeindewohnung, die von unfähigen Pseudo-Professionisten ruiniert wurde." Ach, dachte ich, nur nicht aufregen, das sind ja meine Nerven, die dabei kaputtgehen.

"Was soll ich jetzt genau protokollieren?"

"Gar nix! Vergessen'S den Anruf, weil der nutzt eh nix!" Der Rage nahe, knallte ich den Hörer auf die Gabel und brach mir noch einen Zeigefingernagel dabei ab.

Da ein Unglück wie immer selten allein kam, traf mich ein weiterer Schlag: Im Postkasten lag der Brief von der PVA, in welchem meine

Frühpension abgelehnt wurde. Das ging sehr schnell bei denen. Armen ausgepowerten Frauen ihre wohlverdiente Rente verweigern, konnten die Brüder im Zeitraffer! Puh, dachte ich, ich brauche dringend frische Luft. Also verließ ich mit frisch gefärbter Haarpracht meine miese Wohnung, um ein wenig Sauerstoff zu inhalieren.

Vor meinem Haustor traf ich meine liebe Nachbarin Helene, die gerade mit ihren Einkäufen im Billa-Sackerl daherkam.

Frohen Mutes rief sie mir schon von weitem zu: "Na, wie war's gestern in der Disco?"

"Gemischt. Einerseits mal was anderes, andererseits kann man vor sich und seinen Problemen nicht davonlaufen. Und wenn man es doch tut, dann trifft man nur Figuren, die einem das Grauen in die Knochen treiben."

"So arg waren die Tänzer dort?"

"Getanzt haben wir nicht, eher mit Worten einen Tango aufgeführt", führte ich aus.

"Aha, und gibt's sonst was Neues?"

"Ja! Stell dir vor, grad hab ich einen liiieben Brief von der Pensionsversicherungsanstalt bekommen, des Inhalts, dass ich leider noch viel zu fit für die Frühpension bin. Soll ich jetzt lachen oder weinen?"

"Weder noch, sondern klagen!", schlug sie wissend vor.

"Ja, aber des hat nur einen Sinn, wenn ich den Prozess auch gewinne."

"Na, klag trotzdem, dich kostet es ja nix. Wenn du den Prozess verlierst, muss die PVA noch die Kosten dafür berappen."

"Ja, aber ich möchte doch schon in die Pension, ich hab lang genug gerackert, mich von Chefs, Kunden und Kollegen anbrüllen lassen müssen und bin so ausgebrannt, das kannst dir gar nicht vorstellen."

"Du müsstest einmal in der Psychiatrie gewesen sein, dann kriegerst ganz einfach deine Frühpension und hättest deine Ruhe vor dem AMS."

"Ja, und wie komme ich am schnellsten dorthin?"

"Indem du irgendetwas Wahnsinniges machst. Wart einmal ..." Angestrengt überlegte sie. "... mir fällt sicher was ein. JA! (sie schnippte erfreut mit den Fingern) Da hat einmal einer, der rein wollte und nicht aufgenommen worden ist, Autos zerkratzt. Dann haben die Irrenärzte ihn doch reingelassen und behandelt."

"Nein, das tu ich nicht, weil die meisten Leute lieben ihr Auto ja mehr als ihren Partner und daher will ich denen keine Seelenqual bereiten."

"Mein Gott, du bist so ein guter Latsch! Weißt was? Im Prater hab ich schon öfters die Gabi Sturm, diese eingebildete Millionärstochter herumreiten gesehen. Du hast sie sicher schon in der Zeitung oder in den Seitenblicken gesehen. Die hat ein feines Leben, weil sie in der richtigen Familie zur Welt gekommen ist. Ganz anders als wir, das ordinäre Fußvolk."

"Ja, und?"

"Na sorg einfach dafür, dass die reiche Frau von ihrem Pferdl runterfällt. Erschreck ihr Ross und sag, du warst ihr neidig, dann wirst sicher bald nach Steinhof eingeliefert."

"Und wie soll ich ein Pferd erschrecken? Ich hab da gar keine Erfahrung mit solch großen Tieren."

"Am besten geht das mit Knallfröschen, das haben wir als Kinder schon gern gemacht!", erläuterte sie mir und nickte noch bekräftigend dazu, ehe sie sich verabschiedete und mich grübelnd zurückließ...

Und so fand ich mich kurz darauf in einem Scherzartikel-Geschäft wieder und blickte mich suchend um, ein Verkäufer kam helfend auf mich zu.

"Gun Tag, kann ich Ihnen eventuell helfen, gnä Frau?"

"Guten Tag, ich hätte gern ein paar Knallfrösche."

"Hab ich auf Lager. Die gibt es in verschiedenen Größen."

"Sehr gut! Ich möchte die, mit denen man ein Pferd erschrecken kann."

Man hätte nun eine Stecknadel fallen hören.

Das hätte ich nicht sagen sollen, denn der Verkäufer schaute mich verwundert an, so als hätte ich ihm mein Geschlechtsteil gezeigt, und vergewisserte sich, auch richtig verstanden zu haben: "Sie wollen ein Pferd erschrecken?"

"NEIN-äh", stritt ich sofort ab, "... ich meinte, mit denen man ein Pferd erschrecken könnte!"

"Aha, Moment." Schnellen Schrittes verschwand er nach hinten und ich befürchtete schon, er ruft die Funkstreife an, die mich dann nur auf freiem Fuß anzeigten.

Ein junger Mann mit richtiger Hackfresse - zwei Schmisse (Narben) auf seiner Wange zeugten entweder davon, dass er als Burschenschafter eine Mensur gefochten oder als Rowdy bei einem Straßenkampf einen ebenbürtigen Gegner hatte - sah sich im Geschäft täuschend echte Schusswaffen an.

Nachdem er mein Begehr vernahm, sprach er mich daraufhin an: "Falls Sie ein Polizeipferd scheu machen wollen, sag ich Ihnen gleich: das wird nicht klappen, weil die sind stur!"

"Ich will kein Polizeipferd scheu machen, außerdem gibt es bei uns ja noch keine."

"Nein, aber ich war mal eine Zeit lang in München. Da bin ich bei einem Fußballspiel in so einen Hooligan-Trupp geraten und auf so ein Polizeiross hinten hochgesprungen. Aber der sture Gaul hat sich nicht beeindrucken lassen.

Hat mich nichtmal abgeworfen. Ich bin dann, als ich den Reiterbullen auch nicht erwischen konnte, irgendwann von selber nach hinten umgefallen."

"Oh, Sie Armer! Haben Sie sich verletzt?" Mein Mitgefühl war immer schon grenzenlos.

"Ja, bin auf mein Steißbein gestürzt und dann gleich in den Polizeiknast gekommen. Bei uns sind die Bullen freundlicher."

"Interessant! Naja, wir rangieren ja immer noch oben auf der Liste der lebenswerten Hauptstädte", wusste ich aus Zeitungsberichten.

Inzwischen kam auch schon der Verkäufer mit einigen Packungen Knallfröschen zurück. "So, gnä Frau, hier habe ich einige mit der nötigen Lautstärke!"

"Super, die kaufe ich!"

"Viel Spaß beim Werfen!", wünschte mir der Hackfressen-Junge noch.

Mit meinem Kauf kehrte ich klopfenden Herzens heim, um mich ein wenig mit Suchard-Schokolade zu stärken, als der Maurer bei mir anklopfte.

"Ja, das ist ja ein Wunder, dass tatsächlich jemand kommt, um den Fehler eines anderen auszubügeln", lobte ich ihn, obwohl man Handwerker niemals vor dem Ende ihrer Arbeit loben sollte.

"Ja, auf unsereinen is halt Verlass", nickte er selbstgefällig und sah sich die Bescherung mit Expertenmiene an. "Die Ziegel sind praktisch schon tot."

"Das brauchen Sie mir nicht sagen, aber dem Trottel, der mit einem Bohrer so groß wie für den U-Bahntunnel-Bau von der Nebenwohnung reingekracht ist", belehrte ich ihn. "Und sowas verdient Geld! Obwohl es so viele Arbeitslose gibt, die liebend gern seinen Job mit der nötigen Genauigkeit ausgeführt hätten."

"Na schauen'S, die Gemeinde vergibt doch die Aufträge nur an Billiganbieter. Sie kriegen dann des wofür Sie über die Betriebskosten zahl'n! Aber durch diese Minderleistungen floriert halt die Wirtschaft." Mit seinem mitgebrachten Werkzeug zimmerte der lebensweise Maurer brav die am Boden liegenden Ziegelbrocken wieder als Mosaik in die morsche Mauer hinein, verschmierte alles fachgerecht und warnte mich noch eindringlich, an dieser Wand irgendetwas aufzuhängen. "Lassen'S de Wand in Ruh, sonst bröselts Ihnen entgegen."

"Nein-nein", versprach ich ihm und rieb mir die Hände, "nicht einmal eine Fliegenklatsche werde ich da dran aufhängen. Eigentlich sollte ich ja Mietminderung geltend machen, aber ich habe heute noch was ganz andres vor, als daheim den Bastler oder den schreibwütigen Querulanten zu spielen..."

Vergeblich auf Trinkgeld hoffend wünschte er mir: "Na dann viel Glück bei Ihrer Unternehmung, Gnädigste!

TATHERGANG

Mit finsteren Gedanken stapfte ich also noch am selben Nachmittag in Freizeitkluft, d.h. einem Jeansanzug, in dessen Taschen ich nur meine Schlüssel, Taschentücher und ein Feuerzeug mitführte, mit den Knallfröschen in der Hand ganz zielstrebig in den Prater. Ach, der Prater, dieser Spielplatz meiner Jugend, wo ich jeden Baum beim Namen kannte und als Kind mit unserm Hund herumtollte. 13 Jahre alt wurde mein Kunibert, ein großer dunkelbrauner

Terriermischling mit treuen Knopfaugen, der heute wohl ein Listenhund wäre, da er ausgesprochen kampflustig gewesen ist. Das war die glücklichste und sorgloseste Zeit meines Lebens und nun stieg mir selber die Kampfeslust ins Blut. Denn aus welchem Zweck war ich heute hierhergekommen? Direkt frevelhaft kam mir mein Vorhaben plötzlich vor und ich rettete am Weg zur Hauptallee noch einige Schnecken, die ich verstohlen durch die Zäune der Schrebergärten bugsierte. Schon fühlte ich mich besser, auch aus Rache, weil ich nie einen Garten besessen hatte...

Wenig später fand ich mich verloren auf einem Reitweg im Herz des Praters wieder und trieb mich eine Weile auf den schon ausgetrabten Spuren der Unpaarhufer herum. Meine dunklen Lederschuhe waren schon ganz dreckig vom weichen Boden. Über mir zogen sich bereits dunkle Wolken zusammen und einige Regentröpfchen nieselten auf mein Haupt herab. Das Krähen eines Raben verhieß mir bereits Unheil und ich wollte schon mein düsteres Vorhaben aufgeben. Mein verzweifeltes Gesicht, das ich sonst nur daheim im stillen Kämmerlein beim Gedanken an meine miese

Lage aufhatte, erhellte sich jedoch schlagartig, als ich Gabi Sturms schrilles Gelächter zu mir hallen hörte. HAHA, ich war genau am richtigen Weg noch dazu zur richtigen Zeit - bei mir eine absolute Seltenheit, als hätte mich ein unsichtbarer Verbündeter extra zu ihr hingeführt! Gott schien auf meiner Seite zu sein und stellte sogar den beginnenden Regen ein...

Ahnungslos kam sie angeritten, während ich schon vor Aufregung zitternd die Packung Knallfrösche aufriss, ein, zwei Päckchen mit dem Feuerzeug entzündete, und sagte laut vernehmlich zu ihrem Begleiter, der hinter ihr her ritt: "Und im Sommer reite ich dann in der Camargue!"

"Oder in der Hölle!", rief ich aus und warf die gezündeten Knallfrösche in hohem Bogen ihrem Gaul entgegen.

Es leuchtete, zischte und knallte dann einige Male - das Pferd scheute und bäumte sich wiehernd auf, wie in einem Action-Film oder besser ausgedrückt in einem Low-Budget-B-Movie, und die vorher laut lachende Sturm fiel nun leise röchelnd von ihrem hohen Ross runter. Nun war sie ein gefallener Star der Gesellschaft, freute ich mich diebisch, ein Gefühl der Genugtuung machte sich in meinem Inneren breit, wo sonst nur Frust und Lebensekel residierten.

"Aaah!", schrie sie mehr erstaunt als verletzt aus.

Ihr treuer Begleiter sprang sogleich von seinem Ross ab und erkundigte sich besorgt bei ihr: "Gabi! Bist du verletzt?"

Wie ein Käfer oder eine umgedrehte Schildkröte lag sie hilflos auf dem Rücken und seufzte: "Ich weiß nicht!"

Das war ein Anblick für Götter! Nur das verschreckte Pferd tat mir leid, da ich immer schon eine große Tierfreundin war.

Mit sorgenvollem Blick und unterstützender Hand sagte ihr Begleiter: "Versuch aufzustehen!"

Mit seiner Hilfe rappelte sie sich auf und piepste: "Oh, ich glaub, es geht schon wieder."

"Hatten Sie unerwünschten Bodenkontakt? Ätschibätsch!", provozierte ich sie, damit sie die Sache nicht womöglich auf sich beruhen ließ.

Und ihr Begleiter mutmaßte gleich: "Waren Sie das?"

"Ja, schnell, rufen Sie die Männlein in Uniform! EINS-ZWEI-DREI-RUFT-DOCH-DIE-POLIZEI!!!"

Seinen desperaten Blick werde ich auch nie vergessen, schon zückte er sein sündteures iPhone: "Hallo? Wir sind hier im Prater auf unseren Pferden unterwegs gewesen und wurden soeben mit Raketen beschossen... Ja, mit Feuerwerksraketen. Kommen Sie bitte schnell! Wir sind in großer Gefahr!"

Er gab noch den genauen Standort durch. Also, ich hätte ja leicht flüchten können, doch ich musste ja plangemäß ausharren, um in die Psychiatrie eingeliefert werden zu können. Das hätte ich mir alles vor einigen Jahren noch nicht einmal träumen lassen. Stand schon mit einem Fuß im Kriminal, wie man bei uns so sagte. Soweit brachten einen diese fiesen Figuren vom AMS, es war nicht zu fassen!

In wenigen Minuten rauschte auch schon ein Funkwagen in helfender Absicht an. Jetzt wurde es ernst für mich...

Ein Polizisten-Pärchen entstieg dem Streifenwagen, erspähte einige neugierige junge Männer am Reitweg herumstehen, ging sofort auf diese zu und stellte die unschuldigen Kerle zur Rede.

Der Polizist herrschte sie gleich an: "Also ihr habt's de Feuerwerkskörper auf arme Pferdeln g'schmissen?"

Da musste ich natürlich sofort erklärend einschreiten und kreischen: "ICH WAR DAS!!!"

Der Bulle - plus seiner Kuh- pardon Kollegin - drehte sich verwundert zu mir um und fragte ungläubig, da ich aussah, als könnte ich kein Wässerchen trüben: "SIE?"

Ich stolzierte näher: "Jawohl, die Frau dort schwimmt in ihrem Geld und Sie kriegen nur einen Hungerlohn dafür, dass Sie täglich Ihr Leben riskieren. So etwas ärgert mich wahnsinnig! Wirklich WAHNSINNIG!"

Draufhin schaute er verdattert von mir zu der Gabi Sturm: "Sind Sie verletzt, Frau Sturm?"

"Nein-nein, es geht mir gut!", ließ sie verunsichert verlauten, gestützt von ihrem Begleiter, der sie ganz verliebt anstierte - oder auch ihren Zaster am Konto im Sinn hatte, was weiß ich.

Auch die Polizistin fragte sie: "Sicher?"

Draufhin nickte die Sturm wie ein vom Wind geknickter Zweig.

"Aber mir geht es gar nicht gut, Frau Inspektor!", lenkte ich die Aufmerksamkeit wieder auf mich, die ich mich ja für die eigentliche Hauptperson hielt. "Oder sind Sie schon Oberleutnantin?"

"Mein Rang tut nichts zur Sache!", meinte sie nur pikiert, denn ich stellte ja den bösen Täter dar.

"Jedenfalls passt mir das gar nicht!", stellte ich erhobenen Hauptes klar. "Wir können uns nicht immer nur vor diesen Superreichen ducken wie deren Lohnsklaven und Dienstgesindel! Der alte Bibelspruch 'Eher geht ein Kamel durchs Nadelöhr, als dass ein Reicher in den Himmel kommt' veranlasst die Reichen nicht, sich von ihrem Geld zu trennen. Was entweder bedeutet, dass sie nicht dran glauben oder dass sie die Hölle für einen nicht so schlimmen Ort halten!"

"Was?" Der Polizeidame erschloss sich meine Folgerung nicht.

"Dass diese reiche Frau so viel hat und Sie nur so wenig und ich fast gar nix! Das muss sich bald ändern, verstehen Sie?", versuchte ich ihr zu verdeutlichen, was ich zuvor mit gewählteren Worten auszudrücken nicht erreichte.

Die Polizistin verstand nur Bahnhof und fragte: "Und darum haben Sie einen Feuerwerkskörper auf sie geworfen?"

"Nicht auf sie, vor ihr Pferd, damit sie runterplumpst und mal sieht, wie die Welt von unten ausschaut! Täterätätää!" Um meinen geistig-seelischen Ausnahmezustand zu demonstrieren, tanzte ich ein wenig hyperaktiv herum, was wohl ziemlich komisch ausgesehen hat, doch keiner lachte, obwohl deren Münder offenstanden.

Die verwirrte Polizistin flüsterte ihrem Kollegen zu: "Mir scheint, die hat einen Vogel!"

"Nein, mein Rudi ist leider unverhofft verstorben! Beziehungsweise musste ich ihn einschläfern lassen!" In Erinnerung an dieses

Trauma schaute ich traurig, atmete tief aus - alles sehr theatralisch.

Der Polizist erkundigte sich nun bei meinem Opfer: "Wollen Sie eine Anzeige machen, Frau Sturm?"

Darauf antwortete sie tatsächlich: "Nein, ich will diese boshafte dicke Frau nie wiedersehen." Hochnäsig stieg sie wieder auf ihr Ross und ritt samt ihrem Anhänger davon. Keine Ahnung, ob das ihr Lebensgefährte oder ein bezahlter Fan von ihr gewesen ist.

Mir fiel ein Gedicht ein: Heute noch auf stolzen Rossen, morgen durch das Herz geschossen.

"Also ich bestehe aber darauf, in die Psychiatrie zu kommen! Oder muss ich nochmal jemand von den Oberen Zehntausend abwerfen lassen?" Kurzes Schweigen. "Na eben, also bringen Sie mich schleunigst dorthin!"

Dem Polizisten kam das ungelegen: "Das ist heutzutage gar nimmer so einfach, weil früher kam man leicht rein und schwer wieder raus, aber heut ist es genau umgekehrt."

"Mir egal, der Gerechtigkeit muss genüge getan werden", bestand ich uneinsichtig, denn ich hatte ja ein Ziel vor Augen.

Enerviert fiel dem Polizisten ein: "Da müssen wir ein Protokoll schreiben, kurz vor Dienstschluss."

Seine Kollegin regte an: "Wir könnten sie aber auch ausnahmsweise einfach gleich so auf die Baumgartner Höhe bringen, ich kenn dort den Oberarzt."

Drauf der Polizist mit freundlichen Nasenlöchern: "Das ist eine Super-Idee!"

Und seine Kollegin sagte zu mir: "Sie wissen aber schon, dass die Frau Sturm beim Sturz vom Pferd hätte sterben können?"

"Papperlapapp, so reiche Bonzen haben immer Glück!"

Da meinte der Polizist: "Ja, aber SIE nicht!!!"

Das gab mir dann doch zu denken...

In der Klapsmühle

Irgendwie fühlte ich mich wie Alice im Wunderland, nur, dass ich mich in einem weit übleren Wunderland befand als die gute Alice.

Statt dem verrückten Hutmacher würde ich gleich auf einen Irrenarzt treffen - also auf einen irren Arzt, denn dessen bekloppte Patienten hatten natürlich auf ihn abfärben müssen. Und ich brauchte gleich nur die Wahnsinnige zu spielen - bei meiner Schauspielbegabung kein Problem - die Rolle meines Lebens!

Mit mulmigen Gefühl und leicht zitternden Knien saß ich also im Vorraum der Baumgartner Höhe. An den Wänden befanden sich viele Zeichnungen, die ziemlich düster aussahen und augenscheinlich von den Insassen stammten. Einer davon, ein kahlköpfiger Mann in einem vergilbten Nachthemd und grauen Filzpantoffeln, spazierte ganz langsam auf mich zu. Mir graute!

"Keine Angst, es ist hier kein Mensch mehr gestorben, seit die Welt gerettet wurde", beruhigte er mich. Seine glasigen Augen schienen aus einer andern Welt zugeschaltet.

"So? Und wer hat die Welt gerettet?", wollte ich wissen.

"Na ich!"

"Ach, und wie?"

"Ich hab einfach die Vorhänge angezündet. Und meine Haare auch", behauptete er und zeigte auf seinen kahlen Kopf, auf welchem ein großes Pflaster klebte. "Sind aber schon wieder nachgewachsen."

"Ja, ich seh es deutlich, sehr schön", log ich, denn einem Irren durfte man niemals widersprechen, das wusste ich genau aus unzähligen Filmen.

Eine Frau in einem langen bunten Strickkleid mit zwei Zöpfen kam dazu. Sie trug einen Korb über einem Unterarm und deutete mit dem freien Arm auf mich. "Bist du die Loibneggerin?"

"Nein!" Das hätte ich auch gesagt, wenn ich's gewesen wäre.

"Weil die ist mir noch was schuldig! Ein Kind hat sie mir versprochen. Ich hab schon die Jankerln für das Butzerl fertiggestrickt." Aus ihrem Korb nahm sie ein offenbar selbst gehäkeltes gelbes Baby-Jäckchen und zeigte es mir kurz, hopste dann aufgekratzt davon.

Der Glatzkopf wisperte mir verschwörerisch zu: "Nicht beachten! Die ist verrückt!"

"Wirklich? Da wär ich jetzt gar nicht drauf gekommen."

Ein dicker Mann in einem Regenmantel erschien: "Hallo, ich bin es! Der echte Mon-Cherie-Mörder!" Galant verbeugte er sich vor mir. "Weil der falsche sitzt im Häfen, hähähä!!!"

"Angenehm, ich bin auf Diät!", schwindelte ich, stand auf und ging den kahlen Gang entlang. Kein einziges Blumenstöckerl stand auf den vergitterten Fenstern und ich wurde immer nervöser. Ein Geruch wie beim Zahnarzt umwehte meine Nase.

Jedenfalls beobachtete ich heimlich durch einen Türspalt schielend, wie ein junger Arzt sich in der Küche aus einer Kanne Kaffee einschenkte und in die Tasse spuckte, dann kam er raus, ohne mich zu sehen, denn ich hatte mich instinktiv an die Wand gedrückt, und ging damit in das Büro gegenüber. Kurz darauf kehrte er ohne Tasse zurück und unsre Blicke trafen sich.

"Sind Sie der Neuzugang?" Seine Stimme klang ganz normal, seine weiße Anstaltsarzt-Kluft gab ihm ein fast dämonisches Aussehen. Jeder Horrorfilm-Regisseur hätte den besetzt.

Ängstlich sagte ich leise: "Ja. Mein Name ist Millöcker!"

"Das ist ein gutes Zeichen, dass Sie noch Ihren richtigen Namen wissen. Weil eine Marie Antoinette und eine Kleopatra haben wir schon. Und die Angela Merkel wurde auch vor kurzem eingeliefert."

"Die Bundeskanzlerin?", flüsterte ich ehrfürchtig.

Nun musste er grinsen. "Dann kommen Sie mal mit zum Oberarzt, Frau Millöcker! Sie schauen eigentlich ganz normal aus."

Ob er das ehrlich oder als falsches Kompliment meinte, wusste ich nicht, jedenfalls geleitete er mich in das Büro, wo der Oberarzt an seinem Schreibtisch saß und in der eingespuckten Tasse umrührte.

Der Junge kündigte mich wie ein Zeremonienmeister an: "Frau Millöcker!"

Der Oberarzt hob den Kopf und rief: "Herein mit ihr!"

Vorsichtig trat ich näher zu ihm und grüßte: "Grüß Gott!"

"Ja-haha, der ist auch schon eingeliefert worden", bestätigte der junge Arzt vergnügt. Der schien noch Freude an seiner schwierigen Arbeit zu haben.

"Möchten Sie auch einen Kaffee?" Dabei hob der Oberarzt kurz die Tasse, ohne deren ungustiösen Inhalt zu erahnen.

Entsetzt lehnte ich ab: "NEIN! Äh-Vielen Dank, ich-äh trinke nur Kakao!

"Hamma net!"

Ich schluckte schwer: "Herr Doktor, meine Lage ist eine total verzweifelte. Mir sind Appetit sowie Durst schon lang vergangen. Ich weiß nimmer weiter!"

"Das höre ich andauernd. Setzen Sie sich!", forderte er mich auf und trank aus der Tasse. "AAHHH!"

Der junge Arzt lehnte sich gegen eins der seitlichen Fenster und grinste: "Z!"

Gehorsam setzte ich mich dem Oberarzt gegenüber, sah dabei kurz zum jungen Arzt, der am Fenster lehnte und sich still eins grinste, und wollte meine Lage schildern. "Es ist so, dass ich..."

Der Oberarzt stellte die Tasse wieder ab und hörte gespannt zu, während er sich über die Lippen leckte. "Ja, reden Sie nur weiter."

Angewidert blickte ich zu Boden und fuhr fort: "Dass ich aus purem Neid der Gabi Sturm auf ihrem Pferd ein paar Knallfrösche hingeworfen habe, worauf sie heruntergepurzelt ist auf den harten Boden der Realität."

Da lachte der junge Arzt laut auf und meinte: "Das ist aber mal originell!"

Streng wies ihn der Oberarzt zurecht: "Schweigen Sie! Und lassen Sie mich mit der Patientin allein!" Mit einer wegweisenden Geste vertrieb er seinen jungen Kollegen.

"Bitte gern, Herr Primar!" Amüsiert verschwand der Junge.

"Ich hasse alle Reichen!", sagte ich und fuhr mir mit der Hand über die Stirn, auf welcher sich schon einige Schweißtropfen gebildet hatten. "Wenn es keine Reichen gäbe, dann gäbe es auch keine Armen! Keinen Hunger in der Welt."

Der Oberarzt verengte die Augen und forschte: "Hat Ihnen das irgendwer eingeredet?"

"Nein, da bin ich ganz allein draufgekommen!", beharrte ich.

"Hören Sie bestimmt keine Stimmen, ohne dabei jemanden zu erblicken?", setzte er sein Verhör fort.

"Nein, ich bin ja nicht verr- äh ich meine, nein, aber ich habe manchmal eine unbändige Wut in mir, (jetzt ballte ich beide Fäuste) da möchte ich alles kaputtschlagen!" Das stimmte übrigens sogar.

"Und haben Sie schon einmal alles kaputtgeschlagen?"

"Das kann ich mir nicht leisten, Herr Doktor, wenn ich die Wut nimmer aushalte, nehme ich eine Rolle Klopapier und werfe sie auf den Boden!" Nun entspannte ich meine Fäuste wieder.

"Amüsant!", lächelte er mich gütig an.

Fast hätte ich ihn als sympathisch bezeichnet, er wirkte so wie Professor Boerne aus den Münster Tatort-Krimis, den ich so gern in meinem Bekanntenkreis gehabt hätte...

"AAAHHHHH!!!" Von draußen drangen gellende Schreie herein in das Oberarzt-Büro.

Natürlich erschrak ich fürchterlich: "HUCH! Kriegt da jemand einen Elektroschock?"

"Nein, das ist unser Stalinverschnitt, der ärgert sich schon wieder, dass der Putin zu milde war. Entschuldigen Sie mich kurz!" Schnell erhob er sich und eilte mit wehendem weißen Mantel aus seinem Büro.

In einem Anfall von Verzweiflung verbarg ich mein Gesicht in den Händen und klagte: "Oh, mein Gott, was mache ich nur hier???"

Da erschien - unglaublich, aber wahr - die Frau Merkel im Büro, bzw. deren Doppelgängerin in einem schönen rostroten Kostüm. Exakt die gleiche Frisur, das gleiche müde ausgepowerte Gesicht mit den hängenden Mundwinkeln, die Hände zur berühmten Raute geformt, sodass ich schon fast echt an meinem Verstand zweifelte.

"Wo ist mein Leibarzt?", fragte sie mich.

"Äh, tut mir leid, Frau Merkel, aber er musste ganz dringend zu Herrn Stalin gehen. Wenn Sie sich einen Augenblick gedulden wollen. Darf ich Ihnen meinen Stuhl anbieten?" Schon erhob ich mich halb.

"Nein danke, ich setze mich nicht mehr gerne auf Stühle, zu oft ist daran gesägt worden, während ich grad drauf saß", erklärte sie mir mit einer säuerlichen Miene.

"Ja, das kann ich mir vorstellen", sagte ich und ließ mich zurück auf den Stuhl fallen.

"Ich werde später wiederkommen", versprach sie und verschwand wieder.

"Puh", sagte ich in einem Selbstgespräch zu mir selber, "ich glaub, das halte ich nicht durch, ich geb auf."

Kaum war die Kanzlerin Merkel aus dem Büro verschwunden, da tauchte ein würdig aussehender, älterer Herr mit einem weißen Bart auf, der in ein wallendes Gewand gehüllt war.

"Ich grüße dich, meine Tochter!", sprach er milde lächelnd.

"Oh mein Gott", entkam es mir. Hier gaben sich ja Gott und die Welt die Klinke in die Hand.

"Ja, ich bin es, was kann ich für dich tun?"

Der Herr trug die sogenannten Herrgott-Schlapfen von Birkenstock und machte einen sehr gepflegten Eindruck, ich wusste gar nicht,

was ich sagen sollte, vor allem, was ich auf sein
Angebot, für mich etwas zu tun, entgegnen
sollte. Vielleicht: Ja, bringen Sie doch endlich
die Welt in Ordnung? Oder: Beenden Sie die
Hungersnot in der Dritten Welt und klopfen Sie
den boshaften Politikern auf die Finger? Oder:
Lassen Sie den Planeten Nibiru verschwinden,
bevor er doch noch auf die Erde kracht, so wie
die ganzen Verschwörungsvideo-Macher auf
YouTube behaupteten. Oder: Wie erklären Sie
all das Böse, das in der Welt so passiert? Sind
wir etwa gar nur Ihr Unterhaltungs-Programm?
Schließlich entschloss ich mich dazu, nur eine
vergleichsweise bescheidene Bitte zu stellen.
Denn ich wollte ihn ja keineswegs überfordern.
Man durfte auch bei solch einer Gelegenheit
nicht zu unbescheiden sein.

"Ach, ich würde so gerne in die Frühpension
gehen dürfen, und wenn ich ein Volksschädling
sein darf, würde ich noch gern einen Batzen
Geld kriegen." Das fiel mir gerade so ein und ich
beobachtete ihn, ob er irgendeine Veränderung
in seiner Miene zeigte.

Doch er blieb unverändert höflich, milde
lächelnd und versprach mir salbungsvoll: "Gern
werde ich deine Bitte erfüllen!"

"Viel-vielen Dank", stammelte ich. Schließlich kam ich nicht oft in solch eine unglaubliche Situation.

"Dann werde ich dich wieder alleine lassen, doch bedenke, ich bin immer für dich da, du musst nur an mich glauben, dann werden auch deine Gebete erhört", tat er mir kund und zog sich dann würdigen Schrittes zurück.

"Wenn ich das wem erzähle, glaubt's wieder keiner", sagte ich leise zu mir selber. "Am liebsten würde ich einfach wieder gehen!"

Wie aufs Stichwort kam der Oberarzt mit dem jungen Arzt zurück und befahl ihm noch: "Das nächste Mal geben Sie ihm die doppelte Dosis."

"Jawohl, Herr Primar! Oh weh, jetzt ist Ihr Kaffee kalt geworden."

"Ich brauch jetzt keinen mehr. - So, was ist also mit Ihnen los, Frau?", fragte er und setzte sich wieder auf seinen Platz.

"Ich will ganz ehrlich zu Ihnen sein, Herr Primar! Ich hab die Knallfrösche gegen das Pferd von der Sturm nur geworfen, damit ich hier eingeliefert werde."

"Ach, wollen Sie versorgt werden? Hat sich unsere gute Küche schon bis zu Ihnen herumgesprochen?"

"Hihi!", grinste der Junge, der wieder am Fenster lehnte.

"Nein, äh- ich will doch nur meine Frühpension wegen meiner Depressionen bekommen, denn ich bin schon total fertig mit meinen Nerven, alles geht schief, ich hab laufend Probleme und Misserfolge und da auch noch mein Antrag so schnell von der PVA abgelehnt worden ist, weil ich noch nie in der Psychiatrie war, da dachte ich-"

Schon fuhr der Oberarzt wissend fort: "Da dachten Sie: ich mach einfach einen Lausbubenstreich, indem ich ein Pferderl erschreck und komm in die Psychiatrie, dann krieg ich endlich meine Frührente! Hab ich Recht?"

Beschämt nickte ich mehrmals. "Genauso war's! Es tut mir jetzt aber entsetzlich leid, dass ich Sie hier behelligt habe, wo Sie offenbar so einen schweren Stand mit den echten Irren haben."

"Na, da machen Sie sich mal keine Sorgen, liebe Frau, ich kann mit den Irren hier sehr gut leben!"

"Ja, genau!", bestätigte auch der junge Arzt fröhlich.

"Das freut mich für Sie!", sagte ich und meinte es ehrlich.

"Also passen Sie mal auf, ich schreibe Ihnen was (er nahm ein Formular aus einer Ablage am Schreibtisch und einen Kugelschreiber zur Hand), dass Sie stationär wegen eines Nervenzusammenbruchs bei uns gewesen sind." Eifrig schrieb er schwungvoll und stempelte das Formular ab. "Damit können Sie dann dem PVA-Arzt vor der Nase herumwedeln und glücklich werden!"

"Oh, vielen, vielen Dank, Herr Primar! Sie sind ein sehr verständnisvoller Arzt!" Erfreut nahm ich das Formular entgegen. "Darf ich jetzt wieder gehen?"

"Es wird Sie keiner von uns aufhalten!"

Der Junge schüttelte den Kopf: "Am wenigsten ich!"

Erleichtert stand ich auf, verbeugte mich kurz und hauchte: "Danke, auf Wiedersehen!"

Im Abgang hörte ich noch den Oberarzt sagen: "Eine sympathische Frau!"

"Ja, das finde ich auch!", stimmte der Junge zu.

"Dann sind wir ja wieder einmal meiner Meinung!", hörte ich noch die lautere Stimme des Oberarztes, ehe ich dieses unrühmliche Kapitel meines Lebens hinter mir ließ.

Der Neue

Nach dem für mich schwer verdaulichen Intermezzo in der Psychiatrie ging ich am Treppelweg neben dem Donaukanal spazieren, setzte mich auf eine Bank, schaute den Möwen zu und begann haltlos zu weinen. Wie tief war ich gesunken. Jetzt hatte ich zwar den Beweis meiner schwachen Nerven, doch zu welchem Preis... Wenn ich nun das Pech einer plötzlichen Gerichtsverhandlung haben würde, weswegen auch immer, dann könnte mir der gegnerische Anwalt oder der Staatsanwalt gleich unter die Nase reiben, dass ich ja nimmer ganz dicht im Oberstübchen war. Dass ich ja schon mal in die

Psychiatrie eingeliefert worden war. So weit hat mich das AMS gebracht, oder war ich das am Ende gar selber???

Müde kam ich heim und fand im Stiegenhaus vor meiner Wohnungstür einen Käfig mit einem Hamster, der einen Zettel trug - der Käfig, nicht der Hamster. Denn als er mich sah, floh er in sein Häuschen hinein.

Auf dem Zettel stand in schöner Kinderschrift: Liebe Frau Millöcker! Das ist der Fipsi, mein Hamster. Geben Sie bitte dem Fipsi ein gutes Heim, ich bin leider gegen ihn allergisch. Liebe Grüße Nicole Riemenschneider!

Das war die Tochter einer Nachbarin, ein liebes Mäderl, das unlängst Geburtstag hatte und wohl ihr lebendes Geschenk nicht vertrug. Neugierig beugte ich mich zum Käfig runter.

"Na? Schlafst du in deinem Hauserl, Fipsi? Endlich wieder ein bisserl Leben in meiner Wohnung!"

Glücklich sperrte ich meine Wohnungstür auf und nahm den Käfig mit hinein. "Herzlich willkommen, Fipsi!"

Abends lag ich in meinem Bett, in der Nähe stand Fipsis Käfig, der mittlerweile wieder erwacht war und in seinem Laufrad polternd herumlief.

Verschlafen rieb ich mir die Augen. "Ja, jetzt bist wach und machst einen Lärm, Fipsi! Und vorhin, als ich mit dir reden wollte, hast fest geschlafen!"

Etwas vergrämt stand ich auf, nahm den Käfig und ging damit in die Küche. "Da in der Küche kannst weiterpoltern!"

Am Weg ins Bett zurück murmelte ich: "Dagegen war die kleine Riemenschneiderin wahrscheinlich allergisch."

Am nächsten Morgen ging ich auf der Landstraßer Hauptstraße spazieren und sah mir die Auslagen an.

"Ach... mehr Geld müsste man halt haben, um all die schönen Sachen kaufen zu können."

Als ich so wehmütig in ein Modegeschäft hineinguckte, läutete mein Handy, welches ich sogleich aus meiner Handtasche holte.

"Ja, bitte?... Herbert! Du bist schon wieder draußen? JA, ich hab Zeit! Treffen wir uns gleich in äh, (ich schaute auf meine Armbanduhr) sagen wir einer dreiviertel Stunde?... Ja, in der Konditorei! Wer zuerst da ist, wartet! Bis gleich!"

Pfeilschnell verstaute ich das Handy in der Handtasche und lief los - in eine Filiale einer großen Parfümerie-Kette.

In der Parfümerie waren nur wenige Leute und die Verkäuferin hatte Zeit, um mich hübsch zu schminken, als ich vor ihr auf einem Stuhl saß und mich im großen Spiegel betrachten konnte. Die Vorfreude, gleich Herbert wiedersehen zu können, ließ mich von innen heraus strahlen. Ja, es stimmte schon: eine Frau wurde erst schön durch die Liebe... und die dekorative Kosmetik!

Die liebenswürdige Verkäuferin referierte: "Die äußerliche Attraktivität spielt eine wichtige Rolle. Wenn beim Gesamteindruck ein einzelnes Merkmal dominiert, wie zum Beispiel das gute Aussehen, dann löst dies automatisch andere positive Eigenschaften aus, wie Begabung oder Intelligenz; das haben Forscher herausgefunden. Sie nennen das den Halo-Effekt."

"Toll, was Sie alles wissen", staunte ich. "Und noch dazu in so jungen Jahren!"

"Wenn Sie einen Artikel kaufen, wie ein Make-up, einen Lippenstift oder einen Nagellack, ist die Maquillage gratis", erklärte sie mir.

"Super, dann kauf ich einen Lippenstift, weil mein alter ist leider schon ausgeschrieben."

"Ausgeschrieben?", wunderte sie sich.

"Ja, damit hab ich einem Feind eine Nachricht auf die Windschutzscheibe geschrieben."

"Haha, Sie sind guuut! - So, fertig! In den neuen Saisonfarben des Herbstes sehen Sie gleich viel frischer aus."

"Ja, Sie haben ganz recht!", stimmte ich ihr zu und lächelte mich im Spiegel freudig an.

In der Kurkonditorei Oberlaa saß Herbert schon bei einem Glas Cognac, bereit auf mich zu treffen. Wie immer elegant gekleidet, mit einem gewinnenden Lächeln auf den Lippen. Ach, bei seinem Anblick jauchzte mein Herz vor Freude, auch wenn das jetzt kitschig klingen sollte.

Wie ein Teenager lief ich auf ihn zu, stolperte, erfing mich aber glücklicherweise und machte: "Ups!"

Herbert erhob sich erfreut von seinem Fensterplatz: "Fall mir gleich in die Arme, Anni! Ich leb noch, nach meiner diffizilen OP!"

"Du bist eben unverwüstlich!", stellte ich überglücklich fest.

Zart küsste er mich auf beide Wangen und setzte sich rasch wieder. "Und mein weher Fuß ist auch wieder fit! Ich bin wieder wie neu. Fühle mich wie neugeboren!"

"Gott-sei-Dank ist dir nix passiert! Du bist der einzige Lichtblick in meinem Leben - außer dass mir eine Nachbarstochter einen Hamster samt Käfig geschenkt hat."

"Wie lieb so ein niedliches Haustier ist."

Kaum saß ich ihm gegenüber, ergriff ich seine Hände. "Dass die im Spital dich so schnell entlassen haben, wundert mich."

"Ach, ich hab mich selbst entlassen, das heißt, ich in bin auf Revers raus", beichtete er mir. "Ich fühl mich schon ursuper!"

"Wirklich? Du solltest auf Kur fahren."

"Was darf ich der Dame bringen?",
erkundigte sich der aufmerksame Kellner.

"Was sie will!", sagte Herbert generös.

"Dann nehme ich ein erstmal eine Melange
und eine Topfentorte."

"Kommt sofort!"

"Stell dir vor, wen ich im OP getroffen habe,
Anni! Einen alten Bekannten von mir, der ist
dort Anästhesist. Hat mich schon einmal in
einem anderen Spital eingeschläfert, wo ich an
der Galle operiert worden bin."

"Die Welt ist wirklich klein."

"Ja, und voller Wunder!", lächelt er mich lieb
an.

So saßen wir noch eine ganze Weile in der
Konditorei und plauderten sehr angeregt
miteinander, schmausten Süßes, doch jäh verzog
Herbert plötzlich das Gesicht und krümmte sich
in scheinbarem Schmerz.

"Auweh!"

"Was hast denn?", rief ich erschrocken aus.

Verhalten griff er sich in den Schritt und klagte mir leise: "Unterleibsschmerzen. Ich glaub, ich bin doch ein bisserl zu früh aus dem Spital geflüchtet."

"Ich hab es mir ja gleich gedacht! OBER! ZAHLEN! Soll ich die Rettung anrufen?"

"Nein, hast du einen Führerschein?"

"Ja!" Der befand sich ungenutzt wie vieles andre in meiner Tasche.

Der Kellner eilte herbei, stutzte: "Ist etwas nicht in Ordnung?"

"Mir geht es ganz gut", versicherte ihm Herbert wenig glaubhaft, denn er machte ein Gesicht, als hätte er sich sein empfindlichstes Teil in der Autotür eingeklemmt.

Rasch gab ich dem freundlichen Ober einen 50-Euro-Schein und meinte: "Da! Stimmt so!"

"Oh, vielen Dank, gnädige Frau! Kann ich helfen?", erkundigte er sich fürsorglich, als er das Geld einsteckte.

"Ja, wenn Sie mich zu meinem Auto führen, es steht gleich draußen am Eck!", bat ihn Herbert und erhob sich mühsam.

"Mein Gott! Glaubst, du schaffst es?", fragte ich zweifelnd.

Der Ober griff ihm unter den Arm und meinte: "Ein echter Indianer kennt kan Schmerz!"

Herbert ging verkniffenen Gesichtes mit zusammengepressten Knien, etwas nach vorn gebeugt - was sehr komisch aussah - zwischen mir und dem Kellner nach draußen. "Des hab ich seit meiner Kindheit nimmer gehört!"

"Der Doktor im Spital wird schimpfen!", ahnte ich schon, als ich an seiner linken Seite eingehakt zu seinem Auto ging.

Ein Pärchen wollte grade rein in die Konditorei, blieb jedoch beim Anblick des so lustig zappelnden Herberts stehen und guckte verwirrt.

Der Ober warnte noch: "Ganz langsam, mein Herr! Wir haben ja Zeit!"

Da sagte die Frau erschrocken zu ihrem Mann: "Huch, der hat eine Vergiftung, komm, wir gehen woanders hin!" Und sie zerrte ihn von dem gut besuchten Lokal fort.

Der Mann schaute noch sehnsüchtig zurück und protestierte: "Na geh, die haben doch so leckere Torten!"

Herbert, ich und der Ober erreichten schließlich langsam aber doch den schönen Mittelklassewagen von Audi.

Herbert gab mir ganz gebückt die Autoschlüssel aus seiner Sakkotasche. "Also fahr mich bitte in die Rudolfstiftung, aus der ich stiften gegangen bin!"

"Soll ich nicht lieber die Rettung anrufen?", wollte der Ober wissen.

"Nein danke, ich fahr lieber im eignen Auto!", lehnte Herbert ab und hielt sich am Dach bei der Beifahrerseite fest. Seine Augen wurden glasig, was bedeutete, dass ihm schon die Tränen vor Schmerz einschossen.

Mit dem Schlüssel öffnete ich per Funk die Tür und eilte zum Fahrersitz, öffnete die Tür und rief aufgeregt: "Schnell einsteigen. Hoffentlich kann ich überhaupt noch fahren!"

Der Ober half Herbert beim Einsteigen und wünschte: "Also recht baldige Besserung! Und beehren Sie uns bald gesund und munter wieder!"

Nun setzte sich der arme Herbert mühsam mit verzerrtem Gesicht ins Auto und verabschiedete sich: "Vergelts Gott!"

Etwas unsicher chauffierte ich ihn durch den zum Glück nicht so dichten Verkehr. "Ich bin nämlich schon lange nimmer Auto gefahren. Weil ich meinen alten VW schon lang verkauft habe."

"Du machst des großartig, Anni! Aber fahr schneller, falls wir ein Strafmandat kriegen, zahl ich's gern!" Dabei hatte er beide Hände im Schritt vergraben. "Ich büß alle meine Sünden ab!"

"Hast du so viele begangen, du Schlimmer?", versuchte ich ihn aufzuheitern.

Kritisch schaute er mich seitlich an: "Ach, frag lieber nicht!"

"War nur Spaß! Schließlich ist angeblich keiner ohne Schuld!"

"Mir ist der Schmäh ausgegangen!"

Der Arme sah aus, als würde er bald sterben.

"Denk an was Schönes!", riet ich ihm, da ich sonst nicht wusste, was ich ihm hätte sagen sollen, damit er seine Pein vergaß.

"Nein, ich denk dran, wie ich in Hurghada auf einen Steinfisch getreten bin, das verlagert meinen Schmerz ein bisserl weiter nach unten."

Endlich kamen wir vor der Rudolfstiftung an und Herbert wurde von zwei Pflegern auf eine fahrbare Trage gehoben.

"Du kannst mit meinem Wagen herumfahren, wenn's dir Spaß macht und besuch mich morgen!", rief er mir von der Bahre aus zu.

Gerührt winkte ich ihm nach und rief: "Mach ich! Ich komme morgen zu dir!"

Dann drehte ich mich zum Auto um, schloss die Beifahrertür und stieg wieder ein. Wohin sollte ich wohl fahren? Da fiel mir nur eine Anlaufstelle ein.

Ein schöner Ausflug

Mit dem Auto von Herbert kam ich beim Altersheim an. Draußen saßen auf einer Bank zwei Pflegerinnen und rauchten, was kein gutes Vorbild für die alten Leutchen war.

Als sie mich sahen, schienen sie zu erschrecken, denn eine sprang sofort auf, warf ihre Zigarette weg und lief auf mich zu. "Ja, wie schön, Sie zu sehen! Ist das Ihr neues Auto?"

"Nein! Bei mir ist leider nicht der Wohlstand ausgebrochen. Das ist das Auto meines Freundes, damit will ich jetzt mit der Oma einen Ausflug machen. Damit sie wieder ein bisserl fröhlicher wird."

"Ja, aber leider ist Ihre Frau Großmama schon weg-äh auf einem Ausflug mit dem Roten Kreuz."

"Ach? Und wohin?"

"Nach Dürnstein! Die Ruine anschauen. In der Wachau ist es ja sehr schön, jetzt um die Jahreszeit."

Enttäuscht sagte ich: "Schade! Naja, da kann man halt nix machen! Wiedersehen! "

Als ich wieder zum Auto zurückkam, beschloss ich spontan, auch nach Dürnstein rauszufahren.

Die verfallene, pittoreske Ruine in der Wachau ist ein sehr beliebtes Ausflugsziel und ich spazierte den Weg zur Ruine hinauf. Einige ältere Leute kamen mir entgegen.

"Entschuldigen Sie, sind Sie vom Roten Kreuz hierhergebracht worden? Meine Oma ist nämlich mit einer Altersheimgruppe hier unterwegs und ich such sie."

Eine ältere Dame reagierte etwas schroff: "Na sooo alt sind wir auch wieder nicht, dass wir schon mit einer Altersheimgruppe wandern müssen."

Da verzog ich peinlich berührt den Mund. "Pardon, ich wollte Sie nicht beleidigen."

Ein älterer Herr meinte: "Also eine Dame aus dem Altersheim kommt da bestimmt nimmer hoch. Wenn Sie Ihre Oma suchen, dann gehen Sie in ein Wirtshaus. Dort sitzen die ganzen alten Ausflügler herum."

"Danke, das ist ein guter Rat!" Ich schaute der Gruppe noch nach, sah dann aber auf die idyllische Landschaft und stieg weiter hoch. "Ach, wenn ich schon mal hier bin, geh ich bis ganz hinauf! Ich war ja schon ewig nimmer hier..." Damals fiel mir das Bergaufgehen noch wesentlich leichter als heute.

Der Aufstieg hatte sich wahrlich gelohnt, denn ein atemberaubender Anblick war der Lohn dafür, es fiel mir schwer, mich davon zu trennen, doch ich schlenderte langsam wieder runter...

Wieder am Heimweg mit dem Auto wurde ich aufgehalten, ein Polizist auf dem Motorrad stieg ab und ging langsam zum offenen Fahrerfenster.

Höflich salutierte er und forderte freundlich: "Führerschein und Fahrzeugpapiere, bitte!"

Erschrocken fragte ich automatisch: "Hab ich was falsch gemacht?"

"Nein, Sie fahren nur ein bisserl langsam. Das ist schon verdächtig heutzutage bei all den Rasern und Dränglern."

Aus meiner Handtasche holte ich noch meinen alten rosa Führerschein heraus. "Hier bitte mein Führerschein und die Papiere muss ich erst suchen, weil der Wagen gehört meinem Freund!"

Während er meinen Führerschein prüfte, entkam ihm: "Na, so schauen'S aber nimmer aus!"

Mit einem Anflug von Empörung fragte ich: "Wie bitte?

"Ich meinte Ihr Foto! Da waren Sie erst 18! So sehen Sie nicht mehr aus!"

"Stimmt, die Zeit hat ihre Spuren auch an mir hinterlassen. Sie haben ja ganz recht, wir werden alle nicht jünger." Nervös suchte ich im Handschuhfach nach den Papieren, fand eine Pistole und schob sie schnell nach hinten, suchte emsig weiter.

"Naja, der alte Papierführerschein gilt ja noch bis 2030!" Mit diesen Worten gab er ihn mir zurück. "Da haben'S!"

"So lange leb ich eh nimmer!", entschlüpfte mir.

"Sagen Sie das nicht, es kommt oft anders als man denkt! Fahren'S weiter, Madam!" Schon schlenderte er zurück zu seinem Motorrad und knatterte davon.

Mein "Gute Fahrt, Herr Inspektor!" hatte er wahrscheinlich gar nimmer vernommen.

Vor meinem Gemeindebau hatte ich sogar einen Parkplatz gefunden, ging noch einmal prüfend um das Auto herum, schaute dann misstrauisch in den Kofferraum, wo ich ein Plastiksackerl voll mit Euroscheinen fand.

Nachdem ich reingeguckt hatte, atmete ich tief durch und sagte mir: "Hat der eine Bank überfallen?"

Da kam ein alter Nachbar dazu. "Da schau her, haben Sie im Lotto gewonnen, Frau Millöcker?"

Erschrocken raffte ich das Sackerl voll Geld an mich und schloss den Kofferrraum schnell wieder. "Nein-äh, das Auto ist nur geliehen."

"Ein schöner Wagen! Und schaut ganz neu aus!"

"Tja, ist ja nicht jeder so ein armer Hund wie ich!"

Der Nachbar lachte laut auf: "Se san guat! Na, immerhin hat Ihnen jemand ein Auto geliehen, mir leiht keiner was."

"Das tut mir leid für Sie!"

"War nur ein Witz, an schön Tag noch!", wünschte er mir und ging weiter.

"Für Sie auch!"

In meiner Wohnung saß ich an meinem Küchentisch und hatte die Geldscheine vor mir aufgestapelt, neben mir eine Lupe.

Verwirrt schaute ich zum Käfig von meinem Hamster: "Was sagst du dazu, Fipsi! Die Scheine sind alle falsch! Blüten! So ein Hundling! Was ich für ein Pech mit den Männern hab."

Ziemlich bestürzt stützte ich mich mit den Ellenbogen auf den Tisch. "Was soll ich jetzt machen? Ihn anzeigen, wo er doch eh so marod ist? Was sagst du, Fipsi?"

Erwartungsgemäß gab mir Fipsi keine Antwort.

Die Beichte

Als ich zu Herbert ins Rudolfspital ging, hielt mich am Gang eine der älteren Patientinnen, die einen flauschig gelben Schlafrock trug, am Ärmel fest.

"Entschuldigen'S, könnten Sie mich ein kurzes Stück führen, ich will net eigens die Schwester rufen und muss dringend aufs WC!", bat sie mich und zeigte in die entsprechende Richtung.

Spontan hielt ich ihr meinen Arm hin und sagte: "Selbstverständlich, kommen Sie, gnädige Frau."

"Ah, so eine Freundlichkeit tut gut!", strahlte sie mich an und zappelte langsam neben mir her, wobei ihre dauergewellten grauen Haare im Takt dazu wippten. "Wissen Sie, meine ganzen Verwandten, einschließlich meiner drei Kinder, die besuchen mich nicht, weil es nix bei mir zu holen gibt, so glauben sie. Wenn ich des gewusst hätte, hätte ich bestimmt keinen Nachwuchs auf die Welt gebracht. Lieber hätte ich mir einen Ratzen als Haustier gehalten."

"Oh, naja, es könnte auch andre Gründe geben, dass die nicht zu Ihnen kommen können." Sie tat mir leid und ich wollte sie in ihrer Verbitterung ein wenig trösten. "Vielleicht sind die alle beruflich sehr eingespannt, durch die wirtschaftliche Situation muss schon bald jeder einen zweiten Job annehmen, um halbwegs über die Runden zu kommen."

"Na-na, die sind alle nur desinteressiert an mir und glauben, bei der Alten is eh nix zu holen, darum kommen die nicht, aber die werden sich täuschen, des kann ich Ihnen verraten, hähä!"

"Täuschen?", wiederholte ich ahnungslos. "Inwiefern?"

"Ich hab mein Leben lang hart gearbeitet und das meiste des Lohnes gespart und alles auf ein Konto in der Oberbank getan. Da ist ganz schön was an Moneten zusammengekommen, das kann ich Ihnen flüstern, liebe Frau. Und weil ich das niemals jemandem gesagt habe, schließlich wollte ich ja nicht wegen des Geldes geliebt werden, weiß es keiner von meiner buckligen Verwandtschaft!"

"Die werden sich sehr kränken, wenn sie dann von Ihnen was erben und sich sicher Vorwürfe machen, dass sie nicht zu Ihnen gekommen sind!", meinte ich zuversichtlich.

"Nein, die werden sich alle kräftig in den Arsch beißen", kicherte die Alte in sich rein, ihre Augen verkleinerten sich zu teuflisch anmutenden Schlitzen. "Weil ich hab alles dem Tierschutzverein vermacht, hahahaa!"

"Das ist ja ein Ding", sagte ich und musste auch lachen, wenn ich mir die unbekannten

Gesichter ihrer Verwandten in größter Enttäuschung so vor meinem geistigen Auge vorstellte. "Schad, dass ich da nicht dabei sein kann."

"Ja", meinte sie immer noch lachend. "Das tut mir auch leid, dass ich denen ihre Arschgesichter nicht im Augenblick der Wahrheit erspähen kann, achachachaaa."

Solche Begegnungen fand ich wahrhaft herzerweichend und so erfrischend. Welche Ideen doch manche alten Leutchen hatten und vor allem welche Hintergedanken....

Z, dachte ich, spart sich das ganze Leben die Butter vom Brot, nur damit sie dann aus dem Sarg heraus der nachlässigen Verwandtschaft die lange Nase zeigen kann, was es nicht alles gibt auf dieser absurden Welt....

Als ich endlich zu Herbert ans Krankenlager gelangte - er residierte wieder in einem Einzelzimmer - lag er im Spitalsbett und scherzte gerade in bester Laune mit der Krankenschwester, einer hübschen Südländerin mit feurigem Aussehen. Ihr schwarzes Haar glänzte, als hätte sie es frisch geteert.

"Bei solchem Personal ist das Kranksein das reinste Vergnügen", schleimte er und schien ziemlich von ihr beeindruckt zu sein.

"Sie sind ein Charmeur, Herr Habersack."

"Das ist angeboren, mein Vater war auch ein Gentleman der alten Schule!"

"Darauf möcht ich wetten, hihi", kicherte sie.

"Störe ich?", erkundigte ich mich beim Eintritt in das Zimmer und wollte eigentlich gleich wieder kehrtmachen, aber man durfte auch nicht so angerührt sein.

"Aber nicht im mindesten", versicherte er mir und winkte mich heran, während die Schwester schleunigst das Zimmer verließ.

"Du bist mir ja ein schöner Halunke!", schimpfte ich los, kaum, dass ich mit ihm allein war.

"Wieso? Hast du mit der blonden Schwester geredet? Ich hab ihr einen Job bei einem Freund von mir in einer Schönheitsklinik in Aussicht gestellt. Der sucht immer auffälliges weibliches Personal, das er gleich als Aushängeschild nutzen kann."

"Nein, ich hatte unterwegs nämlich ein Intermezzo mit einer Weißen Maus, mein lieber Freund."

"Mit wem?"

"Mit einem Polizisten auf dem Motorrad!", erläuterte ich.

"Ach so! Ich dachte an eine echte Maus." Dabei tippte er sich an den Kopf, der schon kleine schüttere Stellen im Haar aufwies.

"Ich musste ihm meinen Führerschein zeigen. Als ich dann nach den Fahrzeugpapieren gesucht habe, fand ich im Handschuhfach eine Pistole. Da fiel mir fast vor Schreck das Herz in die Unterhose rein", gestand ich ihm.

"Das ist auch nur eine Schreckschusspistole. Bei all dem Verbrechergesindel heutzutage musste ich natürlich aufrüsten."

"Na, du bist lustig! Verbrechergesindel! Wie nennst du einen Falschgeldmünzer oder einen Geldscheinfälscher? Vielleicht Kavalier? Falschgeld drucken oder auch nur in Umlauf bringen, das ist kein Kavaliersdelikt!", warf ich ihm todernst vor.

Herbert setzte eine Unschuldsmiene auf und flüsterte bestürzt: "Anni! Ich äh- du hast in den Kofferraum geguckt, gell?"

"Ja, und ich hab auch mit dem Gedanken an eine Anzeige gespielt, aber ich hab dich gern und daher werde ich nix sagen. Zu niemandem!"

"Du bist ja doch ein Schatz! Gib mir ein Bussi!" Mit einer absonderlichen Grimasse spitzte er seine Lippen.

Was sollte ich tun, ich küsste ihn auf den Mund, wischte ihm danach meinen neuen, nicht abfärbefesten Lippenstift ab. "Aber du musst mir versprechen, dass du damit aufhörst!" Drohend hob ich den Zeigefinger, als wäre ich sein gerichtlich eingesetzter Vormund.

Die rechte Hand feierlich zum Eid erhoben versicherte er mir treuherzig: "Vesprochen! Weißt, mein alter Freund, der die Scheine gedruckt hat, ist ja eh schon verstorben, der hat mir immer das Geld zum Verteilen auf meinen Reisen mitgegeben. Das Wechselgeld haben wir uns dann geteilt."

"Und das Falschgeld wirst du vernichten!", befahl ich streng.

"Ja sicher! Wenn du willst, kannst du das gern für mich übernehmen! Verbrenn es im Ofen!"

"Ich heize mit Fernwärme."

Herbert griff in seine Nachttischschublade und reichte mir ein Etui, wobei er sagte: "Da hast du meine Hausschlüssel. Ich hab ein Haus mit Garten, wo ich Rosen züchte."

Anerkennend pfiff ich kurz durch die gespitzten Lippen: "Du musst ja ganz schön petite gemacht haben."

"Naja, es kommt halt was zusammen in den Jahren. Die Rosen aus dem Garten hab ich ja auch ganz gewinnbringend verkaufen können. Und ich hab einen offenen Kamin, da kannst du alles verbrennen!"

So saß ich an Herberts Bettkante und hielt noch eine ganze Weile verliebt seine Hand.

Eine der Schwestern kam ins Krankenzimmer mit einer großen Schachtel Pralinen, die sie Herbert mit den Worten reichte: "Die Praliné hat Ihr alter Freund für Sie abgegeben, er hat leider keine Zeit für einen Besuch."

Erfreut nahm er die Schachtel entgegen: "Der denkt an mich!" Dann riss er die Schachtel auf und steckte sich gierig eine Praline in den Mund. "MMHHH!"

"Brauchen Sie noch etwas?", fragte ihn die Schwester noch.

"Mh-Mh!", lehnte Herbert mampfend ab.

"Dann wünsch ich guten Appetit!" Eilig ging sie wieder.

Er streckte mir die Schachtel entgegen und bot mir den süßen Inhalt, der noch vorhanden war, an: "Willst auch eine? Die schmecken superb!"

"Sagtest du nicht, dein alter Freund sei schon verstorben?", fiel mir ein.

"Ich hab ja mehrere alte Freunde", erklärte er mir stolz. "Die Pralinen sind von meinem Schulfreund, einem Anwalt! Den hab ich mir warmgehalten! Weißt eh weswegen! Aber ich bin ja nie erwischt worden!" Eine diebische Freude war ihm nun anzumerken.

"Merkwürdig. Und mich erwischt man beim Autofahren, obwohl ich gar keinen Fehler gemacht hab..." Ja, dachte ich still und heimlich, die Welt ist eine sehr ungerechte....

Nachdem ich das Spital verlassen hatte, fuhr ich in seinem Wagen zu seinem Haus und bewunderte seine Rosen, deren Duft ich begehrlich schnupperte. "Der hat sogar den grünen Daumen! Bei mir sind noch alle Pflanzen über kurz oder lang eingegangen."

Entspannt setzte ich mich auf die Gartenbank und genoss den Sonnenschein, überlegte wie es wohl wäre, mit einem pfiffigen Geldfälscher eine Beziehung zu führen. Wie sagte schon unser schöner Ex-Finanzminister? 'Auch eine Schlange, die sich häutet, bleibt eine Schlange!'

So überlegte ich also hin und her, als mich das Handy lautstark aus meinen verschlungenen Gedankengängen riss.

"Ja, Hallo?... Was ist mir ihr? Um Gottes Willen!" Die schlechte Nachricht, die ich da erhielt, trieb mich zum Altersheim.

In der Prosektur musste ich meine Oma identifizieren. Merkwürdig, dachte ich melancholisch, ich hielt sie immer für unverwüstlich. So resolut und widerstandsfähig, um sogar den dritten Weltkrieg überleben zu können. Neben mir stand eine der Pflegerinnen, ebenfalls mit Trauermiene.

"Sie sieht aus, als ob sie nur schläft." Verstohlen wischte ich mir eine Träne aus dem Augenwinkel.

"So ein Todesfall nach einem Treppensturz kommt leider immer wieder bei uns vor. Man kann den alten Leuten auch nicht verbieten, über die Stiegen in ein anderes Stockwerk zu gehen. Ihre liebe Frau Großmutter wollte ihre neuen Pelzmäntel halt allen Heimbewohnern zeigen. Vor allem den Heimbewohnerinnen, damit sie grün vor Neid werden, wie sie mir sagte."

"War sie gleich tot?"

"Nein, äh- sie lag noch eine Zeit lang in Agonie."

"Und da haben Sie mich gar nicht verständigt??? Moment amal, war sie gar schon in Agonie, als ich mit ihr den Ausflug machen wollte?" Ich konnte es einfach nicht fassen.

Betroffen nickte die Pflegerin und beichtete mir: "Verzeihen Sie, aber wir müssen uns an die Wünsche unserer Patienten halten. Und Ihre

Frau Großmama hat es schriftlich verfügt, dass wir Sie nur im Falle ihres Todes anrufen dürfen! Sie wollte keinesfalls, dass Sie sie hilflos im Bett liegen sehen. Ich kann Ihnen das von ihr händisch ausgefüllte Formular zeigen!"

"Nein, ich glaub Ihnen schon. Das hätte ich nicht von ihr gedacht!"

"Sie wollte halt nicht, dass Sie sie bemitleiden. Wollen Sie jetzt gleich die persönliche Habe Ihrer Frau Großmama überreicht bekommen?"

"Naja, schon, als Andenken."

"Ja, es sind ja einige sehr schöne Schmuckstücke dabei."

"ACH?"

Ende mit Schrecken

Abends saß ich wieder mal allein (außer Fipsi in seinem Käfig) daheim am Küchentisch und hatte Omas kostbare Juwelen vor mir ausgebreitet wie den englischen Kronschatz. Ehrfurchtsvoll öffnete ich einen verschlossenen Brief, auf dessen Kuvert 'Für meine Enkelin Anni' stand.

Mit Tränen in den Augen las ich ihre letzte Nachricht an mich:

Liebe Anni, wenn du das liest, bin ich schon im Himmel oder im Fegefeuer, je nachdem. Ich wünsche dir für deinen weiteren Lebensweg nur das Beste und hoffe, du behältst mich trotz meiner kleinen Eigenheiten in guter Erinnerung. Deine Omi.

PS: Lass dir den teuren Schmuck nicht von einem Mann abknöpfen! Mein Begräbnis hab ich mir schon selber organisiert, da brauchst du dich um nix mehr zu kümmern. Mach's gut! Servus, man sieht sich in der Ewigkeit wieder...

Fipsi rotierte wieder in seinem Laufrad und meine Tränendrüse rotierte unter meinen Augen.

"Das muss der Schmuck von meiner Mutter sein, den sie von ihr geerbt hat", erkannte ich schluchzend und sah mir ein Stück nach dem anderen an. Durch den Tränenschleier glitzerte alles gleich noch mehr. Der Schmuck, den ich von einem Juwelier zu prüfen lassen gedachte, musste wohl Tausende von Euro wert sein und würde meine armselige Lebensweise endlich beenden.

Selbstvergessen ging ich mit einem Schmuckstück, einem Solitär, zum Fenster und schnitt damit das Glas. "Ich kann's nicht glauben. Ich glaub, ich bin reich, Fipsi!"

Dann schlurfte ich zum Hamsterkäfig. "Was sagst du dazu, Fipsi? Die Juwelen sind echt. Wahrscheinlich hat die Oma der Mutti ihren Schmuck ausgelöst. Und hat mir kein Wort davon gesagt. Aber sie hat mir ja auch nicht geholfen, wie ich finanziell so im Eck war, dass mir damals nichtmal die Bank einen Dispo-Kredit gewährt hat..."

Mit gemischten Gefühlen reflektierte ich meine schwierige verwandtschaftliche Beziehung und musste mir wohl oder übel etwas eingestehen:

Der Tod meiner Oma erwies sich als kein normaler Todesfall im Familienkreis für mich, sondern mehr als eine Art von persönlicher Naturkatastrophe. Die einzige konstante Anlaufstelle in meinem Leben existierte nicht mehr! Bei ihr war ich stets atemloser Zuhörer kleiner und großer Katastrophen, die ich sozusagen durch ihre Naturgewalt gefiltert erlebte. Auch wenn sie hin und wieder eher herb und abweisend mir gegenüber war, liebte ich sie doch wie andere ihre Mutter.

Aber ich wollte aus meinen Reminiszenzen an die Zeit mir ihr keine Heiligenbeschreibung machen. Immerhin hatte sie ein langes, ausgefülltes Leben. Und die Genugtuung, dass die ganze Familie - einschließlich meiner Wenigkeit - nach ihrer Pfeife getanzt hatte.

Schließlich raffte ich alles vom Tisch zusammen, suchte in der Wohnung nach einem passenden Versteck für meinen teuren Juwelenschatz und kam mir ein wenig dabei vor wie der Gnom Gollum aus dem Herrn der Ringe, wenn er mit heiserer Stimme krächzt: MEIN SCHAAAATZ....

Schließlich fand ich einen prima Platz zum Verstecken meines Vermögens hinter der Couch unter dem Teppichboden. Wieder einmal konnte ich die ganze Nacht nicht schlafen...

Einige Tage später hatte ich mich dann doch wieder gefangen.

Bei der Verabschiedung am Friedhof im Aufbahrungssaal saß ich mit einem teuren Collier neben Herbert in der ersten Reihe und hörte mir die Rede des Pfarrers an. Dahinter saßen einige alte Leute aus dem Altersheim in ihrem Sonntagsgewand und die Pflegerinnen - ebenfalls fein ausstaffiert.

Der Pfarrer ließ eine salbungsvolle Rede verlauten: "Und mit Ihren 95 Jahren hat sie wirklich ein an Jahren überreiches Leben gehabt. In der Bibel steht 70 bis 80 Jahre währet euer Leben und sie wurde ja 95, da kann man wirklich sagen, sie hat ihr Leben reichlich auskosten können."

"Stimmt!", flüsterte ich leise Herbert zu.

Er flüsterte frech zurück: "Methusalem wurde aber 969. Da fehlen noch 874 Jahr!"

"Geh!", rügte ich ihn und gab ihm einen Stups mit dem Ellenbogen.

Der Pfarrer war immer noch am Erzählen: "Leider musste sie ihrer einzigen Tochter ins Grab nachschauen, doch sie hat ja eine liebenswürdige Enkeltochter gehabt, die sie immer in selbstloser Art und Weise unterstützt hat. Nun verabschieden wir uns also von der ehrenwerten, liebenswürdigen und großzügigen Frau Mathilde Jadwiga Peinreich, die in der

Ewigkeit ihren Lohn für ihre Mildtätigkeit empfangen wird."

"AMEN!", sagte ich.

In einem Gasthaus in der Nähe des Friedhofes saßen alle Begräbnisgäste samt meiner Wenigkeit um den Tisch beim üppigen Leichenschmaus, über dessen Bezahlung ich mir keine Sorgen zu machen brauchte, denn die altmodischsten Stücke hatte ich schon einem Juwelier meines Vertrauens um ein hübsches Sümmchen verkauft.

Ein alter Herr wollte etwas Schwung in die traurige Veranstaltung bringen und erzählte einen Witz: "Wisst ihr, warum es im Burgenland keinen Leichenschmaus mehr gibt?

Schweigen.

"Die haben es wörtlich genommen!"

Gelächter! Gewieher und Gegacker!

Herbert meinte zu mir: "Von morbider Stimmung keine Spur mehr. Da rennt der Schmäh, ich hoffe, du bist nicht verletzt bei solch derben Worten. Soll ich ein Machtwort sprechen und die Bande zur Ordnung rufen?"

"Nein, meine Oma war eine sehr resolute Frau, nicht, dass ich um sie nicht trauere, aber sie hat mir schon oft Kopfzerbrechen verursacht."

"Ja, das kenn ich von meinen Kindern! Diejenigen, die man am meisten liebt, die enttäuschen einen oft am tiefsten."

"Na, jetzt hast du ja mich", wisperte ich mit einem verliebten Augenaufschlag.

"Wofür ich dem Himmel danke! Fahren wir dann zu mir ins Haus?"

"Ja, wir lassen den traurigen Tag fröhlich ausklingen!"

Also ich will mich keiner Indiskretion schuldig machen, doch es kam zu einer knisternden Liebesszene zwischen uns in Herberts Haus vor dem brennenden Kamin auf einem Eisbärenfell. (Seine Männlichkeit konnte nach der Prostata-OP wieder ihren Dienst verrichten.) Ganz klassisch wie in einem kitschigen Pilcher-Film küssten wir einander bis zur Erschöpfung. Daneben stand ein Sektkühler mit Flasche darin und zwei benutzten Gläsern dabei. Das Eis im Kühler schmolz dahin wie ich.

"Tut dir nicht leid um das viele Falschgeld?",
fragte ich ihn, nachdem wir die Blüten verbrannt
hatten.

"Nein, man soll aufhören, wenn's am
schönsten ist", stellte er fest und küsste mich,
reichte mir dann ein volles Sektglas. "Ich werde
solide und melde mich beim AMS für eine
Jobsuche an."

"NEIN!", schrie ich entsetzt aus. "Ich meine,
da finden wir schon was für dich ohne deren
Hilfe!"

Die Stereoanlage spielte romantische
Musik.... (Folgende Handlung nicht jugendfrei)

Des nächtens fuhr mich Herbert in seinem
Auto nach Hause. Das nächtliche Wien hatte
schon seinen Reiz, mit all den Lichtern und den
grantigen Bewohnern, die auch zur nächtlichen
Stunde noch hochaktiv herumrannten. Warum
und wozu auch immer. Selig schmiegte ich mich
seitlich an ihn, in mir loderte das Liebesfeuer,
eine leidenschaftliche Flamme, die immer
größer wurde und schier den Benzintank zu
entzünden drohte. Wenn man in der richtigen
Gesellschaft verweilen konnte, dann sah die
Welt gleich ganz anders aus…

"Ach, jetzt geht es endlich bergauf in meinem besch...eidenen Leben."

"Na sicher, mein Schatz!", versprach er mir und knapp vor unserm Ziel wunderte er sich: "Jö, dein Gemeindebau ist aber grell beleuchtet."

Ein Blick durch die Windschutzscheibe zeigte mir jedoch ein schreckliches Szenario und ich rief hysterisch aus: "HUCH! ES BRENNT! OH NEIN!!! Hab ich noch vor dem Weggehen den Herd abgedreht? Ja. DIE KLOPEK HAT AUF DIE KERZE VERGESSEN!!!!"

Und unter dem Sirenengeheul der Feuerwehr ging mein Entsetzensschrei über die vielleicht nicht feuerfesten Diamanten unter meinem Teppichboden unter....

DANKSAGUNG: Dieses Buch wurde von der Kurkonditorei Oberlaa mit einer sehr schmackhaften Torte gesponsert. Danke!

© 2018

Herstellung und Verlag:
BoD – Books on Demand, Norderstedt.

ISBN: 978-3-7481-6726-6